Abseits der Gemengelage

Dolf Mehring

Herstellung und Verlag:
BoD – Books on Demand, Norderstedt
ISBN 9783848232154

Rund um den Wachturm
behielten die Fürsten den Überblick.
Viele Frauen kamen und gingen,
auch ihre barfüßigen Diener.

Draußen in der Ferne jaulte eine Wildkatze,
zwei Reiter näherten sich
und der Wind begann zu heulen.

(Aus dem song "All along the watchtower" von Bob Dylan)

Inhaltsverzeichnis

Vorwort

Die folgenden Erzählungen habe ich nicht nacheinander geschrieben. Sie sind im Laufe der letzten Jahre seit 1998 entstanden und schildern Ereignisse und Begebenheiten, die ich nicht der Vergessenheit preisgeben wollte. Zum Teil hatte ich sie bereits in drei kleinen Heftchen zusammengestellt, die aber lediglich für den Freundeskreis bestimmt waren. Die Resonanz ermutigte mich, weiter zu schreiben. Leider ließ mir die allgemeine Gemengelage dann doch kaum Zeit, mich in der notwendigen Muße an meinen Schreibtisch zu setzen, um etwas zu Papier zu bringen. Denn Schreiben und Malen ist anders als zum Beispiel Gitarre spielen bei mir nicht möglich, wenn ich nicht ein gewisses Maß an Ruhe gefunden habe. Diese Ruhe ist ein wirklich knappes Gut.

Dann wurde ich dazu ermuntert, aus dem Fundus meiner Erzählungen Lesungen zu gestalten. Das war für mich Ansporn, einigen meiner Erzählungen einen neuen Rahmen zu geben. Denn zeitgleich hatte ich das tiefe innere Bedürfnis, mich der schwierigen Frage nach dem Sinn des Lebens zu stellen.

Die aktuelle Gemengelage, die Hektik des Alltags, hält uns in der Regel davon ab, inne zu halten und auch nur einzigen Gedanken darauf zu verschwenden, warum das Leben so spielt, wie es spielt. Und warum bin ich eigentlich dabei? Hier, jetzt und in dieser Zeit?

Wenn man es zulässt, diese existenziellen Fragen zu stellen, wird man sich unweigerlich auf eine Spurensuche des eigenen Lebens begeben. Dies gelingt nur „Abseits der Gemengelage". Und plötzlich werden längst verschüttete Erinnerungen wieder wach, einzelne Puzzlesteine des Lebens, die doch zusammengenommen ein ganzes Bild ergeben, auf dem Antworten sichtbar werden.

Viele meiner in sich abgeschlossenen Kurzgeschichten sind solche Puzzlesteine. Sie handeln von Menschen, deren Leben sich nicht in Geschichtsbüchern findet. Dennoch haben sie auf ihre Art und durch ihr konkretes Handeln dafür gesorgt, das Leben für Andere besser, erträglicher und schöner zu machen, auch wenn das im Einzelfall durchaus lebensgefährlich war. Andererseits spiegeln sie Situationen, die rückblickend gesehen in einem völlig anderen Licht erscheinen.

Damit diese Puzzlesteine ein Gesamtbild ergeben, habe ich sie gerahmt. Ein Bilderrahmen setzt sich in der Regel aus vier Teilen zusammen. Nicht zufällig besteht deshalb die Rahmengeschichte dieses Buches „Abseits der Gemengelage" ebenfalls aus vier einzelnen Teilen (I- IV). Ich freue mich, wenn das so entstandene Werk auch als Einladung und Anregung verstanden wird, über sich und die Welt in der wir leben, nachzudenken. Ebenso wünsche ich mir, dass das Lesen dieses Buches ganz schlicht Spaß und Freude bereitet.

Dolf Mehring

Abseits der Gemengelage   Teil I

Geschafft. Sitze in der S-Bahn, bin froh, dass ich inzwischen das VRR – Bären -Ticket und damit den Zutritt zur 1. Klasse habe. Da sitzt man in einem kleinen Abteil und kann noch mal ungestört die Mails checken, bevor der Tag im Büro beginnt.
Mist: 22 neue Mails in der Box – und das, obwohl ich gestern Abend noch alles bearbeitet hatte.
Fluch der Technik.
So toll ich die Möglichkeit finde, wichtige Informationen per E-Mail auszutauschen.... Mittlerweile geht es mir zunehmend auf den Keks, mit welchen Infos ich zugeschüttet werde. Wer soll das alles lesen, verarbeiten oder begreifen?
Besonders „schön" finde ich Anhänge an Mails, die gleich das ganze Volumen der Mailbox sprengen, sich gar nicht erst hochladen lassen und damit das Postfach blockieren.

Ich gucke aus dem Zugfenster, die S-Bahn durchquert gerade den Bärenbruch in Castrop-Rauxel. Links und rechts morastiger Emschersumpf am Bahndamm. Brackwasser zwischen den Bäumen. Wahrscheinlich haben die Römer schon diesen Sumpf verflucht oder weiträumig umgangen.

Castrop: 25 Jahre ist es her, als ich dort in der Stadtverwaltung anfing, mit dem Computer zu arbeiten. Kaum einer hatte einen. Ich habe mir einen abgelegten Atari mit ins Büro genommen, um besser arbeiten zu können, Texte zu schreiben, Programme zu gestalten...
E-Mails? Ein Fremdwort, das es im gebräuchlichen Wortschatz nicht gab.
Die gesamte analoge Tagespost befand sich in einem persönlichen Fach

des Postschrankes und wartete darauf, bearbeitet zu werden.

Briefe von Bürgern waren schnell bearbeitet, wenn sie nach 14 Tagen eine Antwort erhielten – per analoger Post natürlich.
Heute schickt der Bürger seine E-Mail in den Orbit und erwartet möglichst sofort eine Antwort....

Die digitale Arbeitswelt ist Fluch und Segen zugleich. Toll, wenn man mal eben eine Info austauschen kann. Doch: das große Räderwerk dreht sich schneller und schneller. Und manchmal fühle ich mich wie Charlie Chaplin in seinem Film „Moderne Zeiten". Nur stehe ich nicht wie er mit seinem riesigen Schraubenschlüssel am Fließband und die Zahnräder drehen und drehen... die unerbittliche moderne Maschine fesselt den Menschen magisch an Handy, iPad und PC.

Im grausamen Takt der digitalen Maschine sind wir die neuen Sklaven. Zwanghaft ausgeliefert – wer nicht mitmacht ist raus!
Also mithalten, atemlos, ohne Pause! Dem unerbittlichen Takt hinterher .... hechelnd, neue Nachrichten, Twitter, Meinungen, Fake News, Wahrheit, Unwahrheit, weiter, antworten, die virtuelle Fangemeinde wartet, Gefällt mir... gefällt mir... gefällt mir... teilen... teilen... teilen.

Produktivität! Rauf damit! Effizienzsteigerungen! So leben wir. Gierend nach mehr Leistungen, Produkten, Gütern, Diensten ...

Mehr, mehr... schneller .... weiter .... größer ! Mehr, immer mehr.

Aus meinem 1. Klasse Abteil sehe ich in die volle S-Bahn. Ein privilegierter Blick!

Lachende Studentinnen in der einen Sitzgruppe, in der anderen müde Gesichter,
90 % der Fahrgäste glotzen in ihr Handy.

Zeitungsleser? Eine aussterbende Spezies.

Schleichende Veränderung. Radikal. Grundsätzlich.
Die Welt außer Rand und Band.

Was geht hier vor?
Wo sind die alten Träume geblieben?

35 Stunden Woche bei vollem Lohnausgleich?
Bessere Verteilung der Arbeit – das war die gewerkschaftliche Zukunftsvision der modernen Gesellschaft.

Ausgeträumt!
Geblieben ist die Erinnerung an ein Plakat mit der großen 35. Aus der Zeit gefallen – allein schon der Gedanke an diese Forderung, für die organisierte Menschenmassen auf die Straßen gezogen sind: weltfremd.

Irreales aus dem Reich der Phantasie. Märchenstunde. Kaum eine Erinnerung wert.

Unsere Realität: klar strukturiert, getaktet. Gefühle: störend, Mitgefühl: Schwäche, Träume sind Zeitfresser und Schnee von gestern. Auch die Geschichte von der 35 Stunden Woche ist Geschichte.

Und soll dort bleiben. Eingemauert im Zeitfenster der achtziger Jahre.

Der Schalter ist umgelegt! Wann ist es geschehen? Wer hat das getan? Mit welchem Sinn und welchem Ziel?

Full Speed!

Die Maschine läuft in aberwitzigen Tempo... mehr arbeiten, an Wochenenden, Feiertagen, Abenden, frühmorgens, nachts.

Keine Zeit für nichts.

Die Inseln des Glücks werden kleiner, saufen ab. Sie trudeln wie die letzten Eisbären auf ihrer von der globalen Erwärmung immer kleiner werdenden Eisscholle.

Während der Meeresspiegel steigt, werden ganze Städte angezündet und verfeuert.
Wir sehen dem Schauspiel tatenlos zu.

Verrückte triumphieren als Wahlsieger. Sie säen Mauern und Zäune in Herzen und Köpfe. Sie lassen Nato - Drahtzäune quer durch Europa legen, in der nicht nur die Wildtiere elendig verbluten, sondern auch die Hoffnungen von Menschen, die an ein menschliches Europa glaubten.

Die Vernunft ist auf der Verliererstraße eingekesselt von Fanatikern aller Spielarten. Sie spucken auf sie, verachten sie.

Sie lachen zynisch und höhnisch, während sie in der einen Hand einen abgeschnittenen Kopf hochhalten und in der anderen ein Maschinengewehr.

Wir sehen erschrocken zu, verdrängen die schrecklichen Bilder von Bomben, Morden, Fanatikern, Brandstiftern. Wir lassen es in unserem Kopf nicht zu – denn wir wollen unsere kleine gemütliche Welt retten.

Und optimieren, konzentrieren, liberalisieren, privatisieren, konsumieren... weiter, weiter, immer weiter, als sei nichts geschehen. Jeden Tag arbeiten wir daran, diese unsere immer kleiner werdende Welt noch perfekter zu machen. Und alles läuft wie geschmiert.

Im Mainstream
- mutiert der Gutmensch zum vertrottelten Irren,
- wird aus oben unten,
- bedeutet Sicherheit Restriktion.

Leinen los, die Fesseln gelöst, hinein in den grenzenlosen Raubbau der in Millionen von Jahren gewachsenen Erdschätze.
Edle Köstlichkeiten, Metalle und Hölzer. Alles nur vom Feinsten. Für uns, für mich, nur für mich, für mich allein, ganz allein.

In maßloser Gier wird der Reichtum der Erde verfressen, abgeholzt, verfeuert, geschreddert, vergeudet, ausgebeutet. Wir hinterlassen vergiftete Seen, verstrahlte Landschaften, vermüllte Meere.

In den wenigen Augenblicken, in denen uns das alles bewusst wird, schämen wir uns. Ein wenig.
Vielleicht. Vielleicht auch nicht.

Denn wir leben ja nur einmal. Wem nutzt es, wenn wir verzweifeln, den Verstand verlieren, Irre werden?

Ich habe mich auf die Suche begeben.

Ich will wissen, warum wir so sind wie wir sind? Was für ein Spiel hier gespielt wird, mit Dir, mit mir. Warum bin ich dabei?

Gibt es eine tiefere Logik?

Ich glaube daran und möchte sie finden! Ich werde fündig - davon bin ich überzeugt.

Im Wind geformte Landschaft aus Sandkörnern

Aus den Erzählungen meiner Mutter

Mit zunehmenden Alter hat meine Mutter angefangen, Geschichten aus ihrem Leben zu erzählen oder aufzuschreiben. Die nachfolgenden Episoden aus ihrem Leben während des zweiten Weltkrieges 1939 – 1945 in der Großstadt Bochum und dem kleinen Dorf Oesdorf habe ich aufgezeichnet und niedergeschrieben. Ergänzungen habe ich nur vorgenommen, um das Ganze historisch richtig einzuordnen. Die hier wieder gegebenen Erlebnisse meiner Mutter beleuchten die Geschichte aus dem Blickwinkel einer damaligen Teenagerin...

Aleppo war gestern hier
in Erinnerung an meinen Opa, Anton Hansmann

Meine Mutter Marianne Hansmann wurde am 12.12.1930 in Bochum geboren. Sie war das zweite Kind des Ehepaares Anton und Johanna Hansmann. Ihr Vater – also mein Großvater - kam gebürtig aus Oesdorf, einem kleinen Dorf am Rande des Sauerlandes – heute ein Ortsteil von Marsberg.
Anton Hansmann war zunächst bei der Reichsbahn als Bremser beschäftigt und arbeitete auf den Zügen, die zwischen Warburg und Bestwig verkehrten. Nach dem ersten Weltkrieg wurde im Güterzugverkehr nach und nach die Kunze-Knorr-Bremse eingeführt. Dadurch verloren die Bremser ihren Job. Auch Anton wurde arbeitslos. Was tun? Anton Hansmann machte sich auf ins Ruhrgebiet nach Bochum. Dort lebten und arbeiteten bereits weitere Oesdorfer, die ihr Glück in der von Bergbau und Stahlindustrie geprägten Stadt gesucht hatten. Anton fand zunächst für kurze Zeit Arbeit auf der Rombacher Hütte in Bochum – Weitmar. In den schweren Zeiten der Weltwirtschaftskrise hatte er Glück und bekam dann einen zwar

schlecht bezahlten, dafür aber fast krisensicheren Job als Arbeiter bei den Stadtwerken Bochum.

Mit den Kindern Franz (geb. 1928) und Marianne wohnten die Eheleute auf der Blücherstraße 3 (heute Stühmeyerstraße 3), mitten im Zentrum von Bochum, dem sogenannten Gleisdreieck.

Der Ausbruch des zweiten Weltkrieges veränderte im Leben der Familie nicht viel. Der Krieg fand ja zunächst nicht auf deutschem Boden statt, sondern in den von Adolf Hitler überfallenen Ländern Polen, Niederlande, Belgien und Frankreich. Bomben fielen im ersten Kriegsjahr nicht auf Deutschland. Görings Luftwaffe brachte allerdings schon Tod und Leid über europäische Städte: Was am 26.04.1937 (also vor Beginn des zweiten Weltkrieges) mit der Bombardierung der baskischen Stadt Guernica (Spanien) durch die deutsche Luftwaffe begann, wurde nun im großen Stil in Warschau (Polen), Coventry und London (England) fortgesetzt.

Die deutsche Luftwaffe wollte vor allem England durch Angriffsterror aus der Luft in die Knie zwingen. Die Engländer beugten sich diesem Terror nicht.

Im Gegenteil: Gemeinsam mit den inzwischen in den Krieg eingetretenen US - Amerikanern (Dezember 1941) wurde nun der Luftkrieg nach Deutschland getragen. In den deutschen Städten wurde die Lage jetzt auch für die Zivilbevölkerung lebensbedrohlich. Gab es zunächst ab 1940 nur einzelne Bombenangriffe, so wurden diese ab Ende 1941 erheblich ausgeweitet. Mit riesigen Bomberverbänden flogen Briten und Amerikaner Angriff für Angriff und legten Stadt um Stadt in Schutt und Asche. Die deutsche Luftwaffe hatte dem immer weniger entgegenzusetzen. Als Industriestadt mitten im Ruhrgebiet war auch Bochum ein wichtiges Ziel für die Bomberverbände.

Anton und Johanna Hansmann sorgten sich zunehmend um ihr eigenes und das Leben ihrer Kinder. Zwar wurden überall in der Stadt große Bunkeranlagen (Hochbunker und Tiefbunker) gebaut, doch diese waren zu Beginn der Bombenangriffe noch nicht fertiggestellt. So blieb vielen Menschen im Bochumer Gleisdreieck nichts anderes übrig, als den schlecht gesicherten eigenen Keller aufzusuchen oder ins nahe gelegene Bergbaumuseum zu flüchten. Die dort vorhandenen Besucherstollen (ca. 15 – 20 Meter tief) wurden nun für die schutzsuchende Bevölkerung frei gegeben.

Das Bergbaumuseum war allerdings einige hundert Meter entfernt und so diente in der Regel der Keller als Schutzraum.

Das Leben in der Stadt war gekennzeichnet von Angst vor dem nächsten Angriff.

Die Hansmanns bewohnten eine Wohnung im vierten Stock des Hauses – direkt unter dem Dach. Das hieß: Sechs Treppen laufen, um schnellstens in den Keller zu kommen. Marianne bekam zunehmend Panik.

Am 13. Januar 1943 gab es morgens einen Fliegerangriff auf Bochum. Vater Anton hatte sich bereits angezogen, um sich auf den Weg zur Arbeit zu machen. Mutter Johanna war mit ihrem Mann aufgestanden, um seine Wegzehrung vorzubereiten. In dieser Situation ertönte der Fliegeralarm! Mutter Johanna wollte die Kinder zunächst schlafen lassen. Sie dachte, es würde schon nichts passieren, weil sie vermutete, dass die Bomber auf dem Rückflug seien. Doch die Kinder Marianne und Franz waren wach geworden und so wurde sich eilends angezogen. Man lief in den Keller. Das war ihr großes Glück. Denn tatsächlich gab es einen schweren Angriff und Sprengbomben trafen die benachbarte Maschinenfabrik und auch das Vinzenz-Kinderheim in unmittelbarer Nähe. Die nahen Einschläge der Bomben und die

Explosionen waren deutlich zu hören und zu spüren. Das Haus wurde erschüttert. Alle Mieter des Hauses hockten zusammen gekauert, es herrschte die nackte Angst. Sobald die Bombenabwürfe und Explosionen nachließen, verließen die Hansmanns den Keller, um nachzusehen, was geschehen war.

Einige Häuser im Viertel und auch die Maschinenfabrik brannten lichterloh. Auf der Blücherstraße hatten Brandbomben einige Häuser getroffen. Im Haus Nr. 3 waren durch den Luftdruck alle Fenster aufgeflogen - aber es war kein Feuer zu sehen. So schnell wie möglich hastete die Familie die Treppen hoch. Schon auf dem obersten Treppenabsatz flogen Federn herum. Was war geschehen? Im Schlafzimmer der Kinder war alles voller Federn. Das Kopfteil von Mariannes Bett lag in Trümmern - eine Brandbombe war durch die Decke geschlagen und hatte sich in dem Federkissen verfangen. Dadurch war der Zünder nicht wirksam geworden. Vater Anton sah die Brandbombe, griff geistesgegenwärtig zu und warf sie so schnell er konnte in den rückwärtigen Hof des Hauses. Danach inspizierte er noch andere Teile des Hauses und entdeckte zwei weitere Brandbomben, die sich in den Giebel der Nachbarwohnung (Familie Rippberger) gebohrt hatten. Auch diese hatten sich nicht entzündet. Vater Anton entfernte sie mit einer Spitzhacke aus dem Holz und warf sie ebenfalls in den Hof.
Die Familie und insbesondere Marianne waren also dem Tod nur knapp entgangen. Nicht auszudenken, was geschehen wäre, wenn die Familie den Alarm nicht ernst genommen hätte!
Für seinen mutigen Einsatz wurde Anton noch am selben Abend von zwei SA – Männern, die auf einmal vor der Tür standen, belobigt, weil er Schlimmeres verhütet hatte. Vater Anton war zwar kein Nazi, aber darüber war er doch stolz.

Die Beschädigungen in und am Haus wurden schnell beseitigt. Zu dieser Zeit funktionierten die Instandsetzungsarbeiten noch gut. Das Dach wurde neu eingedeckt, die beschädigte Wohnung renoviert und neu gestrichen.

Gerade war die Wohnung fertiggestellt, da geschah jedoch das nächste Unglück. Eine Flakgranate schlug durch das Dach und explodierte in der Vorratskammer auf dem Flur. Wieder hatte das Haus keine Dachpfannen mehr und die Wohnung war dahin...

Nach diesen Erlebnissen stand für Anton und Johanna fest: Marianne musste erst einmal weg, um sich zu erholen. Sie weinte viel und hatte schreckliche Angst vor dem nächsten Angriff. Sie sollte zunächst bis Ostern (25.04.1943) auf das Land, um etwas Ruhe zu finden. Was lag da näher als Oesdorf? Vater Anton fragte seine Schwester Franziska, ob Marianne zu ihr kommen könnte. Das war selbstverständlich. Und so machte sich am 17.03.1943 die 12jährige Marianne auf die Reise mit der Eisenbahn nach Oesdorf. Sie freute sich riesig, ihre geliebte Cousine Lieschen wieder zu sehen.

Die Zugfahrt war aufregend; in Begleitung von Mutter Johanna ging es vom Bochumer Bahnhof Präsident bis nach Hagen Hauptbahnhof. Dort hieß es: Umsteigen! Der Bahnsteig war schmal und zum Einstieg in den Wagen war eine große Lücke von der Bahnsteigkante zu überbrücken. Das behagte der ängstlichen Marianne gar nicht. Sie war heilfroh, als sie endlich im richtigen Zug saß. Zum Abschied winkte sie ihrer Mutter Johanna zu, die von Hagen wieder zurück nach Bochum fuhr.

Marianne – meine Mutter – kehrte erst drei Jahre später, im Jahr 1946, zu ihren Eltern nach Bochum zurück. Die Rückkehr in eine völlig zerstörte Stadt fiel ihr nicht leicht.

Meine Großeltern, die zwei Weltkriege erleiden mussten, haben sich von den katastrophalen Kriegsjahren in Bochum nie erholt.

Ein neues Leben mitten im Krieg

in Erinnerung an meine Großmutter Johanna, die von ihren Kindern getrennt wurde

Mariannes Tante Franziska war verheiratet mit August Breidenbach. Die beiden hatten eine Tochter Elisabeth (genannt Lieschen – geb. 1920). Die Familie wohnte auf dem Hof Hantünges – heute: Heitemeyer Str. 24 in Marsberg-Oesdorf.

Lieschen holte die damals 12jährige Marianne, die aufgrund der immer heftiger werdenden Bombenangriffe nicht länger in Bochum bleiben konnte, am 17.03.1943 vom Bahnhof in Westheim ab. Sie hatte eine Handkarre dabei. Der Koffer wurde auf den Handkarren gestellt und ab ging es zu Fuß die Strecke von Westheim nach Oesdorf. Marianne war glücklich.

Tante Franziska und Onkel August Breidenbach nahmen das Mädchen herzlich auf. Sie hatten es bereits in der Dorfschule angemeldet und so wurde Marianne zwei Tage später, am 19.03.1943, in Oesdorf eingeschult.

Damals gab es im Dorf zwei Schulen mit jeweils einer Klasse. Die Kinder der Klassen 1- 4 waren zusammengefasst und wurden von Frau Schäfer unterrichtet, die auch im Schulgebäude wohnte. Frau Schäfer brachte aber auch den älteren Schülerinnen der Klassen 5 – 8 noch Handarbeiten bei.

Ansonsten wurden diese Altersgruppen in einer Klasse vom Lehrer August Aufenanger unterrichtet. Schüler unterschiedlicher Jahrgänge in nur einer Klasse zusammen zu bringen, war Marianne neu.

Lehrer Aufenanger war ein Kriegsbeschädigter aus dem Ersten Weltkrieg.

An Mariannes erstem Schultag in Oesdorf ließ er die „Neue" zunächst einmal vor die Klasse treten! Das war Marianne fürchterlich unangenehm, schließlich gab es in der Klasse zwei Jahre ältere Jungs, die sie auch sogleich kritisch begutachteten und abschätzig riefen: „Dick, Dick!" Das konnte ja heiter werden!

Doch alles änderte sich schnell. Marianne lebte sich gut in Oesdorf ein und genoss das friedliche Leben des Dorfes, das so gar nicht mit dem gefährlichen Leben in Bochum zu vergleichen war. Hier konnte sie in Ruhe schlafen, kein Fliegeralarm, keine Flucht in den Keller – einfach nur Ruhe! Marianne lernte Kühe zu hüten und war froh, zusammen mit Lieschen, Tante Franziska und Onkel August die Arbeit auf dem kleinen Bauernhof erledigen zu können.

Mittlerweile hatte sich die Lage zu Hause in Bochum weiter verschärft. Marianne wollte auch gar nicht wieder zurück. Und so fiel bei den Eheleuten Hansmann in Bochum der sicherlich bittere Beschluss, Marianne bei der Verwandtschaft in Oesdorf – in Sicherheit – zu lassen. Ihr Bruder Franz wurde etwa zeitgleich mit seiner gesamten Handelsschulklasse (incl. Lehrer) für ein Jahr nach Schneidemühl (heute Swinemünde / Polen) evakuiert. Der Krieg hatte also dazu geführt, dass meine Großeltern für eine lange Zeit von ihren Kindern getrennt wurden.

Während Marianne das friedliche Leben in Oesdorf erleben durfte, steigerten sich die Luftangriffe auf das Ruhrgebiet. Wie gefährlich die Lage insbesondere auch für Kinder geworden war, machte ein weiterer großer Luftangriff am 26.06.1943 auf Bochum deutlich.

Wieder wurden Ziele in unmittelbarer Nähe der elterlichen Wohnung bombardiert. Dabei traf auch eine Luftmine das St. Vinzenz Kinderheim. Mutter Johanna arbeitete hier – Fußweg zur eigenen Wohnung ca. 150 Meter – als „Bäcker - Johanna" in der Küche; sie hatte aber zum Glück während dieses Fliegerangriffes keinen Dienst. Die Bombe hatte eine verheerende Wirkung. Über 100 Kinder, die in den nächsten Tagen in das Paderborner Land evakuiert werden sollten, wurden im Keller verschüttet. 65 Kinder, mehrere Ordensschwestern und weitere Mitarbeiter konnten nur noch tot geborgen werden. Marianne erhielt von ihrer Mutter Johanna einen Brief, in der diese über das entsetzliche Ereignis berichtete. Marianne hatte viele der Kinder gekannt, denn sie gingen gemeinsam mit ihr auf die Kloster-Schule am „Platz der SA" (heute Imbuschplatz) in Bochum. Auch Puste, ein lustiger Junge mit dicken Pustebacken, war unter den Toten...

Marianne war froh, in Oesdorf sein zu dürfen. Sie hatte überhaupt keine Lust mehr zurück zu gehen. Heimweh konnte sie in dieser Lage wirklich nicht entwickeln.

Doch auch in Oesdorf waren die Auswirkungen des Krieges und der nationalsozialistischen Schreckensherrschaft wahrzunehmen. Denn im Ort gab es Kriegsgefangene und Zwangsarbeiter/innen. Das war für Marianne aber ziemlich normal, sie machte sich darüber als Teenagerin wenig Gedanken.

Eduard, der Pole

Der polnische Soldat Eduard war schon 1939 kurz nach Hitlers Überfall auf Polen in deutsche Kriegsgefangenschaft geraten und dann irgendwie in Oesdorf gelandet. Er war nicht im späteren Oesdorfer

Kriegsgefangenenlager untergebracht, sondern durfte als Zivilarbeiter auf Stoffelns Hof arbeiten. Eduard muss ein ganz lieber Kerl gewesen sein. Er versorgte den Hof und pflegte den alten Mann des Hauses, der schwer von Rheuma gezeichnet war. Er stand nachts auf und drehte den Kranken um, damit er besser liegen konnte. Die beiden Söhne des Hauses Stoffeln waren im Krieg.

Eduard lebte also richtig auf dem Hof und wurde wie ein ganz normaler Mensch behandelt. Er durfte sogar seine Frau und sein Kind (ein kleines ca. vier Jahre altes Mädchen) nachholen und die Familie lebte ein paar Jahre in Oesdorf. Als der Krieg zu Ende war, ging sie dann aber zurück nach Polen.

Der Kontakt blieb bestehen. Einige Jahre später besuchte Eduard nochmals Oesdorf. Verwandtschaft oder gute Bekanntschaft von Stoffelns fuhren im Gegenzug auch in seine Heimat nach Polen. Mariannes beste Freundin Hilde (Molsich, geb. Wüllner) schickte noch Jahre später Pakete nach Polen.

Eduard hat bei Kriegsende wahrscheinlich auch dazu beigetragen – meint Marianne heute – dass in Oesdorf nichts passierte. Als die Amerikaner ins Dorf einzogen, gab er sich als Kriegsgefangener zu erkennen und sagte den Amerikanern, dass die Oesdorfer gute Menschen gewesen seien, die sich nichts hatten zu Schulden kommen lassen.....

Pawel (Paul) und Raya Denissova
Russische Kriegsgefangene in Oesdorf

In Oesdorf gab es ein Kriegsgefangenenlager für ca 30 – 35 Häftlinge, die in Oesdorf und Meerhof Zwangsarbeit verrichten mussten. Das Lager war an der Bicke (Dorfbach), da wo das Dorf im Tal zu Ende ist. Die Kriegsgefangenen waren russische Soldaten und wurden von einem

Wachmann beaufsichtigt. Einen dieser Kriegsgefangenen hat Marianne gut kennengelernt. Er hieß Pawel, wurde jedoch nur Paul genannt. Er arbeitete auf Meiwels Hof – also dem Bauernhof, auf dem Mariannes Vater Anton geboren wurde. Inzwischen wurde der Hof von ihrem Onkel Josef Hansmann und seiner Frau Maria bewirtschaftet. Pawel (Paul) kam kurz nach Marianne in Oesdorf an, er hatte aber schon irgendwo in der Stadt gearbeitet.

Er war total ausgehungert!

Meiwels Mutter (Maria Hansmann) sagte: „Der hat, glaube ich, ein Loch im Bauch!" Es dauerte eine ganze Zeit, bis Pawel wieder normal aß.

Pawel war ein großer Kerl und wurde auf Meiwels Hof wie ein ordentlicher Knecht eingesetzt, d.h. er musste Feldarbeit machen, Stall ausmisten – kurz: alles erledigen, was auf einem Bauernhof an Arbeit anfiel. Verpflegt wurde Pawel auf dem Bauernhof, er saß mit allen zusammen am Tisch der Bauernfamilie.

Nur abends ging es zurück ins Lager. Das Lager lag nicht weit entfernt. Pawel ging allein. Nur die im Nachbardorf Meerhof arbeitenden Kriegsgefangenen wurden in einer Gruppe von dem Wachmann abgeholt.

Sonntags hatten die Kriegsgefangenen ab mittags dienstfrei. Zum Mittagessen blieben sie noch auf den Höfen, auf denen sie tätig waren, dann ging es zurück ins Lager – sie hatten noch Butterbrote für abends mit.

Marianne war neugierig und hat sich die Baracke auch angesehen. Da waren im Wesentlichen nur einige Schlafstellen und ein paar Stühle für die Kriegsgefangenen.

„Die Russen haben öfter sonntagsnachmittags oder –abends ganz herrlich mehrstimmig gesungen. Wir Kinder haben uns dann draußen vor das Lager gestellt und zugehört."

Die Kriegsgefangenen mussten sich in ihrer freien Zeit in der Baracke aufhalten, nach draußen durften sie nicht.

Bewacht wurde das Lager von dem Wachmann.
Die Bauern im Dorf, die einen russischen Kriegsgefangenen hatten, mussten auch den Wachmann beköstigen, das ging dann reihum...
Ein bis zwei Monate Kost auf dem einen, dann ging es weiter zum nächsten Hof. Bei Meiwels gab es ein schönes, warmes Mittagessen. Der Wachmann hieß Oschmann und war ein älterer Soldat. Er hatte nach einiger Zeit richtig Freundschaft mit Meiwels geschlossen. Der Kontakt entwickelte sich so gut, dass Wachmann Oschmann nachfragte, ob seine Frau bei Meiwels wohnen könnte? In Oesdorf gab es ansonsten keine Schlafgelegenheit für fremde Leute. Meiwels Mutter hatte keine Einwände: Und so kam auch Frau Oschmann von Dortmund nach Oesdorf, um ihren Mann zu besuchen.
Frau Oschmann war bei Meiwels herzlich willkommen. Sie konnte gut nähen. Was lag näher, als sie gleich in die Hausarbeit einzuspannen? Sie durfte erst einmal alles flicken. Bei so einer großen Familie gab es reichlich zu tun. Beim Essen saßen dann alle gemeinsam am Tisch: Pawel, die Oschmanns und die ganze Hansmann - Sippe.
Die gute Beziehung zu den Eheleuten Oschmann währte über die Kriegsjahre hinaus. Lange Zeit blieb man miteinander in Kontakt.

Im Winter 1944/45 kam die Kriegsgefangene Raya Denissova auf den Hof Hantünges, nachdem sie zuvor auf einem anderen Hof in Oesdorf eingesetzt war. Dort war aber nicht genug Arbeit vorhanden und Raya konnte nicht nähen – war also für hauswirtschaftliche Arbeiten nicht gut zu gebrauchen. Raya beklagte sich bei Lieschen und Marianne sehr darüber, dass man ihr in Deutschland ihr schönes langes Haar abgeschnitten hatte. Sie hatte sehr dickes Haar und wollte immer,

dass Lieschen ihr die Frisur machte. Dann sagte sie: „Lissken, Du mir Locke machen!" und Lieschen hatte ihre liebe Not, die widerspenstigen, dicken Haare in Form zu bringen.
Marianne, die zunächst bei ihrer Einschulung in Oesdorf von den feixenden Dorfjungen als zu dick befunden worden war, war zwischenzeitlich schlank geworden. Raya befand:
„Du dünn und groß! Du Sibir, D
du sofort kaputt!" – was so viel hieß, dass Marianne die harten russischen Winter wohl kaum überstanden hätte.

Der Massenmarsch von Häftlingen mitten durch das Dorf

Kurz vor Kriegsende wurden überall im Deutschen Reich die großen Kriegsgefangen – aber auch die Konzentrationslager aufgelöst. Oft mussten die entkräfteten KZ - Häftlinge tagelange Fußmärsche antreten, die heute als „Todesmärsche" bezeichnet werden. Kriegsgefangene mussten in den letzten Kriegsjahren von Massenlagern wie Stukenbrock in großen Gruppen zu verschiedenen Einsatzorten laufen.
Einer dieser Züge kam offensichtlich auf dem Rückweg auch durch Oesdorf.
Es war am 09.03.1945. Dieser Tag ist Marianne deshalb so gut in Erinnerung, weil es Tante Franziskas Namenstag war. Ein langer Zug von Häftlingen – ganze Menschenströme – wurden von Wachleuten durch Oesdorf geleitet. Die armen Menschen machten eine armseligen, ausgehungerten und völlig maroden Eindruck, waren aber nicht in Sträflingskleidung gesteckt. Die Wachkommandos begleiteten diesen langen Zug der Elenden – es war ein fürchterlicher Anblick. Geschlagen wurde aber niemand, jedenfalls hat Marianne das nicht gesehen. Woher die Menschenkolonne ursprünglich kam, wohin sie ging – das

alles blieb ein Rätsel. Nun zogen sie von Westheim kommend durch das Dorf die steile Schulgasse hinauf Richtung Waschhof. Oben auf dem Waschhof wurde eine Miete mit Runkeln aufgemacht. Da haben die armen, hungrigen Menschen Runkeln gegessen. Die waren zu dieser Jahreszeit bestimmt nicht warm. Wer schon einmal ein Runkel roh probiert hat, weiß, dass man sehr hungrig sein muss, um diese Tierfutterpflanze zu essen.

„Wir waren natürlich auch verängstigt, weil da diese ganzen Menschen kamen. Ich jedenfalls als Kind – ich war ja auch erst 14 Jahre alt. Das war eine richtig lange Kolonne, das nahm überhaupt kein Ende. Ich weiß nicht, was das für arme Menschen waren, KZ Häftlinge hätten ja eine Sträflingsuniform angehabt, ob das Fremdarbeiter waren?"

Marianne hat auf diese Frage nie eine Antwort erhalten.

Das Kriegsende in Oesdorf

Am 1. April 1945 (Ostersonntag) gelang es den Amerikanern, das nur schwer einzunehmende Ruhrgebiet bei Lippstadt einzukesseln und vom übrigen Deutschen Reich abzutrennen. Ebenfalls brach an diesem Tag der deutsche Widerstand in Paderborn zusammen. Die Kampfhandlungen wurden eingestellt, die Stadt lag in Schutt und Asche. Damit war der Krieg in Ostwestfalen-Lippe faktisch beendet – mehr als einen Monat vor dem offiziellen Kriegsende am 08. Mai 1945. In Oesdorf war der Krieg bereits am Karfreitag (30.03.1945) zu Ende. Schon vorher hatten die Oesdorfer im ganzen Ort weiße Bettlaken oder Kissenbezüge als Fahnen ausgehängt, damit den Amerikanern klar werden sollte, dass hier kein Widerstand geleistet werden würde.

Die Amis kamen Karfreitag 1945 vormittags mit Panzern – nicht in aller Herrgottsfrühe, es war schon ein richtig heller Tag. Sie kamen allerdings nicht über die Hauptstraße....

Im Dorf wusste man nicht hundertprozentig, dass die Amis kamen – ahnte es aber. Familie Breidenbach war vorher auch mal in den Keller gegangen, zur Sicherheit. Da hat Tante Franziska es nur eine viertel Stunde ausgehalten, dann musste sie wieder nach oben und irgendwas erledigen. Alle anderen folgten ihr kurz darauf in die Küche. Es herrschte totale Nervösität.

„Ein paar Tage vorher wurde vielen klar: es tut sich was! Denn da lagen im Nachbardorf Meerhof schon so 16, 17 jährige Jungen, die zur Verteidigung eingesetzt waren. Das war Hitlers letztes Aufgebot. Die hatten in Meerhof in der Schule geschlafen – ohne Licht und alles! Da waren sie über einen Jungen weggegangen, der hatte das ganze Auge kaputt, ganz blutig war das. Das waren arme Soldaten, so 16jährige Bengels. Tante Franziska hatte den Jungs 10 Eier gekocht – aber was war das schon für so einen Haufen?

Kapuzz Mutter hat den Jungs dann gesagt, sie sollten abhauen, die würden nur verursachen, das Oesdorf beschossen würde. Das war durchaus gefährlich. Denn die Jungs waren zum Teil noch überzeugte Nazis. Die haben ihr dann auch gesagt, wie sie so reden könnte!

„Der Krieg ist doch vorbei!" hat Kapuzz Mutter gesagt. „Der Krieg ist verloren! Haut ab!"

Die hätten – wenn sie es gekonnt hätten – Kapuzz Mutter wohl noch an den Pranger gebracht.

Das war wirklich richtig mutig – denn du wusstest ja gar nicht, wie die Bengels eingestellt waren! Die waren ja auch richtig so erzogen worden und meinten doch wirklich, sie müssten Hitler verteidigen. Die hatten ja vielleicht auch Eltern, die Nazis waren, man wusste es ja nicht - war ja alles sehr unterschiedlich. Kapuzz Mutter und die Mia, die ich zur

Freundin hatte, die sagten denen das dann, das jetzt Schluss sei. Die hatten richtig Courage.

Die Schießerei in Meerhof hat sich Gründonnerstag oder auch Karfreitag ereignet – da sind ja sogar Häuser abgebrannt - aber ich weiß nicht, ob die Jungen Schuld daran waren, ob die möglicherweise noch die Amis beschossen hatten?

Das war ein ganz unruhiger, ekeliger Tag.

Dann fuhren die Amis durch das Dorf. Wir verhielten uns ruhig. Am nächsten Tag (Karsamstag) kamen aber wieder Amis ins Dorf. Die haben den Kindern Schokolade gegeben und da hatte schon keiner mehr Angst vor ihnen.

Und dann ist einer mal ausgestiegen und ist auf Onkel August zugegangen und hat „Zum Kaakhus, zum Kaakhus" gesagt. Onkel August hat schnell geschaltet, der Ami wollte aufs Klo. Und dann musste der auf das Plumpsklo in Hantünges Stall, hinter den Kühen... was der wohl hinterher in Amerika erzählt hat, was er für Klos in Germany kennengelernt hatte..."

Auch die Oesdorfer Kriegsgefangenen waren glücklich, dass der Krieg beendet war. Sie waren endlich frei. Da kam es natürlich zu Szenen, die die Bauern nicht so gerne sahen: Vieh wurde abgeschlachtet auf den Weiden – die Russen machten sich ein Feuer an und schmorten sich was Leckeres. So feierten sie das Kriegsende.

Wo der Wachmann Oschmann bei Kriegsende blieb, hat Marianne nicht verfolgt. Er war erst einmal weg und tauchte erst lange Zeit später wieder in Oesdorf bei Meiwels auf. Die Kriegsgefangenen waren frei, wurden dann aber doch nachher alle abgeholt: bei Tumbökes Haus mussten sich alle versammeln. Sie wurden von den Amerikanern auf

LKWs geladen und nach Paderborn gebracht. Viele Menschen des Dorfes und insbesondere die Dorfjugend verabschiedete sich herzlich. Es wurden Hände geschüttelt und gewunken – ein richtiger Abschied eben.
Die Amerikaner brachten die Russen in eine Sammelstelle - wahrscheinlich ins Sennelager. Von dort fuhren sie aber immer mal wieder zurück nach Oesdorf zu ihren Leuten und haben sich dann mal so richtig satt gegessen – vor allem das, was ihnen immer geschmeckt hatte.

Im Sommer 1945 kam Pawel (Paul) noch einige Male zu Meiwels. Tante Maria gab ihm ein Verpflegungspaket mit, Paul brachte im Gegenzug den Kindern Süßigkeiten und Kekse von den Amerikanern.

„Sachen, die die Kinder gerne aßen, aber so ein Mann wollte natürlich lieber noch was Herzhaftes. Also in Oesdorf, da ging alles sehr human ab. Die hatten die Kriegsgefangenen auch wie richtige Menschen behandelt und waren nicht grob oder schlecht zu denen."

Im Nachbardorf Meerhof ging der Krieg nicht so glimpflich zu Ende. „Die haben ja wohl mehr abgekriegt. Vielleicht waren die grob zu den Leuten – ich weiß es nicht!"

Paul wollte gar nicht zurück. Der hatte Schiss und sagte: „Ich deutsche Frau kriegen – ich in Deutschland bleiben."

Marianne vermutete, dass er wohl nicht in Gefangenschaft gehen durfte. „Die sollten sich bei Stalin ja eher umbringen als aufgeben. Ich weiß nicht, was aus ihm geworden ist, hoffentlich hat er das alles überlebt!"

Der schwere Abschied

Mariannes Zeit in Oesdorf ging nach Beendigung des Krieges noch nicht zu Ende. Sie hatte auch gar keine Lust mehr, zurück nach Bochum zu ihrer Familie zu gehen. Tante Franziska, Onkel August und insbesondere ihre Cousine Lieschen waren ihre richtige Ersatzfamilie geworden.
Ihr Onkel Josef Hansmann (Meiwels) wollte auch, dass sie in Oesdorf blieb.

Anfang 1946 sprach dann aber Mutter Johanna ein Machtwort. Sie war extra nach Oesdorf gekommen, um ihre Tochter zurückzuholen. In der Küche von Meiwels kämpfte sie um die Rückkehr ihrer Tochter. Das sollte etwas heißen, denn vor Onkel Josef hatte die ganze Hansmann - Sippe richtig Respekt.

In der Auseinandersetzung ging es vordergründig um Mariannes Schulausbildung.
Für Sommer 1946 sei angekündigt worden, dass die Handelsschule in Bochum ihren Betrieb wieder aufnahm. Onkel Josef gab schließlich klein bei, auch wenn er meinte, im Ruhrgebiet sei sowieso alles kaputt: „Daraus wird nie wieder etwas!"
Im Frühjahr 1946 fuhr Marianne für kurze Zeit nach Bochum und legte eine Aufnahmeprüfung für die noch nicht eröffnete Handelsschule ab, die sie mit tatkräftiger Unterstützung ihres Bruders Franz bestand.
Mutter Johannas Befürchtung, dass Marianne sich der eigenen Familie mehr und mehr entfremdet hatte, war nicht unbegründet. So war das Argument „Handelsschule" ein letzter Trumpf, den sie ausspielte, um

ihre Tochter wieder nach Bochum zu bekommen.

Letztlich war das richtig, sagt Marianne heute, die zu ihrer Mutter danach langsam wieder ein gutes Verhältnis entwickelte.

Doch auch Tante Franziska und Onkel August hatte sie in ihr Herz geschlossen und ihre fast 11 Jahre ältere Cousine war auf der einen Seite wie ihre beste Freundin, auf der anderen Seite auch so etwas wie eine Ersatzmutter geworden. Zumindest ihr großes Vorbild!

So ging es im Sommer 1946 endgültig - mit vielen Tränen auf allen Seiten - zurück nach Bochum. Der Aufenthalt, der eigentlich nur für vier Wochen geplant war, ging nach drei Jahren und zwei Monaten zu Ende.

Für Marianne ist diese Zeit aber heute noch die schönste Zeit in ihrem Leben! Und das ist doch auch eine Aussage, die für ganz Oesdorf und die dort lebenden Menschen spricht, die in unmenschlichen Zeiten offensichtlich ihre Herzen nicht verschlossen hatten.

Zur Erinnerung:

Bochum erlebte 147 Luftangriffe, darunter 13 Großangriffe mit bis zu 1.400 britischen Bombern. Abgeworfen wurden 420 Minen, 22.000 Sprengbomben und 531.000 Brandbomben. Es entstanden 960 Großbrände und 6400 kleinere Brände.

Fast 90 % aller Häuser waren zerstört oder beschädigt. 6 Millionen Kubikmeter Schutt mussten beseitigt werden. In Bochum lebten zu Kriegsende nur noch 161.590 Einwohner. Vor dem Krieg waren es 312.891. Im Bombenkrieg starben 4095 Zivilisten, 5036 wurden verwundet, 478 Menschen blieben vermisst. 7048 Bochumer starben als Soldaten auf den Schlachtfeldern Europas.

Die syrische Stadt Aleppo wurde im Bürgerkrieg zwischen 2012 und 2016 weitgehend zerstört. Viele Bewohner flüchteten... unter anderem nach Deutschland.

Ein modernes Bollwerk des Glaubens
Abtei Königsmünster - Kloster Meschede

Abseits der Gemengelage Teil II

Kloster.
Es thront auf dem Berg über dem Städtchen wie eine Festung.
Ein modernes Bollwerk des Glaubens.
Monumental.
Kalt. Abweisend.
Wer oder was soll hier verteidigt werden?
Ist dieser Bau Sinnbild für eine Kirche, die sich abschottet, die
Menschen nicht mehr anspricht?

Daneben: Das Haus der Stille   .

Es ist ein merkwürdiges Gefühl hier zu sein.
Haus ... der ... Stille...
Ruhe.
Kein Laut zu hören.
Ich höre nur meinen Atem.

Moderner Betonbau. Nackter Sichtbeton in meiner Zelle.
Ja Zelle, nicht Raum.
Der Blick nach draußen auf eine Streuobstwiese durch ein großes, bis
auf den Boden gezogenen Fenster.

Die Zelle ist schmucklos.

Bett, Tisch, Stuhl, Lampe. Das ist es. Nüchtern, sachlich, kein
Schnickschnack.

Holzfußboden, Einbauschrank.

Um die Ecke eine schmale Toilette. Kleines Waschbecken, Dusche als Luxus.

Raus.
Die übrige Welt abgeknipst. Stille.

Nichts.

Ruhe.

Kein Handy.

Kein daddeln.

Ruhe.

Nichts.

Mein Blick fällt auf die Streuobstwiese vor dem Fenster.
Ein paar Vögel sind zu sehen – die einzige Bewegung weit und breit.

Stille.

Sie wiegt schwer. Wie lange halte ich das aus?
Sie zerrt an mir, frisst sich in meine Gedanken: Tu was! Mach was! Du vergeudest Deine Zeit!

Es ist verdammt schwer, still zu sein, nichts zu tun. In einer kargen Zelle zu sitzen und einzig und allein auf die Streuobstwiese zu sehen.

Keine flackernden Bilder, kein Bildschirm, keine News....

Es schmerzt ...es zerrt an meinen Gedanken...

Ich möchte still sein können! Es ist eine schwer zu lösende Herausforderung! Und diese Zelle in nackten Beton erinnert mich zu sehr an meine Zeit an der Ruhr-Uni; auch da konnte ich – lang ist es her - nie wirklich frei atmen, geschweige denn denken. Ich habe eine abgrundtiefe Abneigung gegen Sichtbeton. Ich kann ihm kein Gefühl, keine Wärme und Geborgenheit abgewinnen. Das brauche ich aber, wenn ich Ruhe haben will. Um nachdenken zu können.

Also raus hier. Ich laufe an der Klosterkirche vorbei, ein ebenfalls moderner Bau, einem Schlachtschiff ähnelnd thront sie auf einem Berg über der Kleinstadt. Auch dieser Bau ist ungeeignet für mein Vorhaben, in Ruhe nachzudenken.

Ich gehe an einem Klosterladen vorbei, der geschmackvoll gestaltet ist und zum Besuch einlädt. Jetzt nicht. Weiter.

Endlich finde ich eine kleine Gartenanlage, darin eine quadratisch angelegte Sitzgruppe, von Hecken umsäumt.

Ich bin allein, setze mich und fühle mich befreit. Ich habe endlich meinen Platz abseits dieser in Beton gegossenen Klosterrealität gefunden.

Haarscharf
in Erinnerung an meinen Onkel Franz Bree

Mein Onkel Franz hatte, bevor er als Soldat in den zweiten Weltkrieg zog, eine Lehre als Friseur abgeschlossen. Er liebte seinen Beruf. Doch der Krieg traf für ihn eine andere Entscheidung. Eine Granatsplitter zerfetzte seine rechte Hand. Sie wurde zwar wieder zusammengeflickt, blieb aber steif. Seinen erlernten Beruf konnte Onkel Franz nicht mehr professionell ausüben. Als Kriegsversehrter wurde er bei der Bochumer Traditionsfirma Baltz als Pförtner tätig. Da er jedoch über eine perfekte Haarschneideausrüstung verfügte und überdies seinen alten Beruf liebte, wurden die regelmäßig stattfindenden Besuche auch dazu genutzt, die Köpfe der Familie auf Vordermann zu bringen. Nur meine Mutter blieb davon ausgenommen.

Die Besuche von Onkel Franz und Tante Friedel verliefen wie ein Ritual. Zunächst mussten meine Schwester Carola und ich am Tag vor dem angekündigten Besuch das Kinderzimmer „Tip Top" aufräumen, so dass meine Mutter „einmal durchputzen" konnte. Das bedeutete: Sämtliche Legosteine, Autos und dergleichen hatten vom Fußboden zu verschwinden und ordentlich in Kisten und Kästen gepackt zu werden. Am Besuchstag selbst wurden Carola und ich für den Besuch „frisch gemacht". Davon war insbesondere ich betroffen, weil ich um Wasser und Seife nach Möglichkeit einen großen Bogen machte. Aber jetzt hatte ich keine Chance. Meine Mutter zerrte mich notfalls sehr energisch an den Wasserkran. Mit einem Waschlappen, Wasser und Seife wurden Hals und Gesicht in einen klinisch reinen Gesamtzustand gebracht. Ich wehrte mich heftig gegen diese Reinigungsprozedur, insbesondere wenn ich Seife in die Augen bekommen hatte. Doch meine Mutter hatte meinen Nacken fest im Griff und vorsorglich die

Tür zum Badezimmer abgeschlossen: Ein Ausbüchsen war unmöglich! War diese Prozedur endlich überstanden, wurde ich frisch eingekleidet. Mit meinen ewig schmutzigen Spielklamotten war ich nicht verwandtschaftstauglich.

Meine Mutter widmete sich nun dem Kaffeetisch. Während sie im Wohnzimmer das gute Porzellan mit Goldrand aufdeckte, durfte ich den Kaffee mahlen. Wir waren im Besitz einer edlen, elektrischen Kaffeemühle mit einem Mahlwerk.

Ich füllte aus der Kaffeedose ein Lot Bohnen in den Trichter der Mühle und schloss den Deckel. Damit er bei dem folgenden Mahlvorgang nicht herunterfiel, wurde ein ‚Gummiflitscher' als Halt um Deckel und Maschine gespannt. Ich brachte dann die Maschine in Gang, in dem ich einen seitlich an der Mühle angebrachten Schalter umlegte. Höllenlärm war die Folge - die Maschine verrichtete ihr Werk: Der frisch und filterfein gemahlene Kaffee rieselte in eine durchsichtige Kunststoffschublade der Kaffeemühle.

Meine Mutter hatte inzwischen die Vorbereitungen im Wohnzimmer abgeschlossen, entnahm den Kaffee der Mühle, setzte einen Filter auf die große Kaffeekanne. Der Kaffee wurde selbstverständlich frisch aufgebrüht. Mit einer dick wattierten Haube wurde die Kanne im Wohnzimmer platziert. Der Besuch konnte eintreffen. Alles war bereitet.

Onkel Franz und Tante Friedel verspäteten sich nie. Pünktlich, zuverlässig und mit preußischer Genauigkeit trafen sie ein. Onkel Franz hatte die obligatorische Aktentasche dabei. Nachdem diese und auch Mantel und Hüte an der Garderobe abgelegt waren, wurde am Kaffeetisch Platz genommen. Meine Mutter schenkte den Kaffee ein, für uns Kinder gab es heißen Kakao. Die Erwachsenen unterhielten sich rege, während sie den Kuchenvorrat vernichteten. Carola und ich mischten uns nur in das Gespräch ein, wenn wir gefragt wurden. Wir konzentrierten uns auf unseren Kuchen und den Kakao. Dann wurde es Ernst. Onkel Franz legte seine Hände über den mit einer weinroten oder auch hellbraunen Knöpfweste umspannten Bauch und fragte: „Mit wem soll ich denn anfangen?"

Allzu oft war ich das erste Opfer. Gemeinsam begaben sich Onkel Franz, mein Vater und ich in das Kinderzimmer. In der Mitte des mit anthrazitfarbenen Bodenfliesen ausgestatteten Zimmers hatte meine Mutter bereits einen Stuhl aufgestellt. Auch der Besen und das Kehrblech standen bereit.

Aus der Aktentasche holte Onkel Franz nun eine Stoffrolle hervor, löste die Schleife. Zum Vorschein kamen unzählige Scheren, Kämme, ein Rasiermesser und mindestens zwei mechanische Haarschneidemaschinen. Aber Onkel Franz war auch im Besitz einer großen elektrischen Maschine, die er ebenfalls noch aus seiner Aktentasche herausholte. Diese war sein ganzer Stolz. Nun konnte es losgehen. Ich hatte bereits auf dem Stuhl Platz genommen. Zunächst hängte Onkel Franz mir einen Nylonumhang über die Schultern und staffierte den Hals mit einer papiernen Halskrause aus, damit mir die Haare nicht in den Nacken fielen.

Alles geschah penibel und mit allergrößter Sorgfalt. Onkel Franz war ein Meister seines Fachs. In kurzer Zeit hatte er unser Spielzimmer in einen Barbiersalon alter Schule verwandelt. Mit meinem Schädel gab er sich alle erdenklichen Mühen und ließ ihm seine ganze erlernte Handwerkskunst zuteilwerden. Zunächst wurde mit der Schere das Haupthaar bearbeitet. Mit einem zugekniffenen Auge begutachtete er von vorn, ob sich nicht doch möglicherweise ein widerspenstiges Haar seinem Werk widersetzte. War er zufrieden, kam er zum Höhepunkt der Veranstaltung: Dem Nacken! Da Onkel Franz sein Handwerk in den dreißiger Jahren gelernt hatte, reichte der Nacken scharf abgekantet bis zu einer imaginären Linie, die sich vom oberen Rand des linken

Ohres um den Hinterkopf bis zum oberen Rand des rechten Ohres spannte. Diese Linie wurde nun „haarscharf" abgearbeitet. Zum Einsatz kamen nacheinander Schere, die mechanische Haarschneidemaschine und die elektrische Haarschneidemaschine. Auch den verbliebenen Haarstoppeln gönnte Onkel Franz das Überleben nicht. Mit einem Pinsel wurde Rasierschaum aufgetragen. Nach dem abgeschlossenen Rasiervorgang war mein Nacken so glatt wie mein Kinderpopo und erst jetzt war Onkel Franz einigermaßen zufrieden mit seinem Werk. Erwartungsvoll sah er meinen Vater an, der rauchend in der Ecke des Zimmers saß und auf seinen Einsatz wartete. Mein Vater lobte das ihm entgegenblinkende Gesamtkunstwerk. Onkel Franz entnahm seiner Stoffrolle einen großen Pinsel, mit dem er meinen Hals von den restlichen Stoppeln und Haaren säuberte. Erst jetzt durfte ich in einen kleinen Handspiegel sehen, den er mir vor das Gesicht hielt und erhielt wieder einen Eindruck des immer hundertprozentig gleichen Ergebnisses. Onkel Franz nahm auch seine junge Kundschaft sehr ernst. Erst wenn auch ich genickt hatte, wurden Papier und Umhang von meinem Hals gelöst. Weil ich gut stillgehalten hatte, drückte mir Onkel Franz noch 50 Pfennig in die Hand und ich war entlassen...

Onkel Franz war eine Seele von Mensch. Im Nachhinein tut es mir wirklich leid, dass ich mich ein paar Jahre danach seinen Handwerkskünsten entziehen musste. Aber sein solider Grundschnitt passte zum Ende der sechziger Jahre einfach nicht mehr in die Modelandschaft.

Einen so sorgfältigen, gründlichen und sein Handwerk liebenden Friseur wie meinen Onkel Franz habe ich aber in meinem ganzen späteren Leben nie wieder angetroffen.

Opa Krimskrams Kramladen
in Erinnerung an das Gegenstück von Tante Emma

Schon immer hatte es meine Mutter sehr bedauert, dass sie bedingt
durch den Krieg während ihrer Kinder- und Teenie Zeit nie die Chance
hatte, schwimmen zu lernen oder Fahrrad zu fahren. Den Kindern das
Schwimmen beibringen zu lassen, war ihr große Mühe wert. Also
wurden meine Schwester und ich, gerade als wir eingeschult worden
waren, zum Schwimmunterricht bei Herrn Kühnel angemeldet. Der
Schwimmunterricht fand im Lehrschwimmbecken an der Natorpschule
statt, d.h. ein Fußweg von gut 2 Kilometern hin und 2 Kilometern
zurück musste in Kauf genommen werden – eine direkte Busverbindung
gab es nicht.
Her Kühnel war ein talentierter Sportpädagoge, der in seinem Leben
sicherlich tausenden von jungen Menschen das Schwimmen
beigebracht hat.
Der Schwimmunterricht machte uns viel Spaß und bald konnten wir uns
im Wasser bewegen wie die Fische.
Meine Mutter sah uns vom Rand des Schwimmbeckens zu. Was sie wohl
bei unserem Wassertraining gedacht hat? Sie, die der um ihre
Kindheit und Jugend betrogenen Generation entstammt, die statt
Schwimmen zu lernen in panischer Angst vor Bombenangriffen oder um
ihre Familienangehörigen leben musste?
Nach der erfolgreichen Schwimmstunde mussten wir mühselig die vom
Schwimmbaddunst feuchte Kleidung anziehen. Ich kann mich noch
genau erinnern, wie ich es hasste, die Kniestrümpfe über den Fuß zu
bekommen.
Nachdem die Anziehprozedur glücklich überstanden war, machten wir
uns auf den langen Heimweg. Obwohl uns dieser bevorstand, freuten
wir uns. Denn auf dem Rückweg war eine Zwischenstation eingebaut:

Opa Krimskrams Kramladen.

Er befand sich in einem roten Backsteineckhaus. Draußen standen einige Gemüsekisten. Über eine kleine Treppe gelangte man in den Geschäftsraum. Über den mit schwarz-weißen Kacheln gefliesten, blitzsauberen Fußboden trat man vor eine Theke, die über Eck den ganzen Raum ausfüllte. Die linke Seite der Theke wurde von einer großen, dunkelbraunen und reich verzierten Registrierkasse beherrscht. Neben dieser Kasse befand sich eine weiß lackierte Verkaufsfläche in deren Mitte eine durch das Abstellen der Ware abgewetzte Stelle sichtbar wurde. Der Umschlag tausender von Waren des täglichen Bedarfs hatte die schöne Maserung des Holzes herausgearbeitet und glattpoliert.

Hinter der Kasse und der Verkaufsfläche wartete Opa Krimskrams auf seine Kundschaft. Eine lange blaue Schürze zierte ihn. An der Wand hinter Opa Krimskrams befand sich ein Regal, das bis unter die hohe Decke reichte. Dieses Regal war vollgestopft mit Waren des alltäglichen Bedarfs, von Persil über Kölln-Flocken und Nähgarn bis Brandt-Zwieback war alles da, was das Herz begehrte. Auf der Theke hatte Opa Krimskrams einige große Bonbongläser stehen. Hier konnte man sich seine eigene Bonbonmischung zusammenstellen. Opa Krimskrams benutzte eine kleine silberne Schaufel und füllte damit eine kleine dreieckige Papiertüte. Das Beste aber waren Opa Krimskrams „Negerküsse". Immer frisch, immer allererste Güte und richtig schön dick.

Den hatten wir uns nach dem anstrengenden Schwimmen verdient. Der uns noch bevorstehende Fußweg war nach dieser Stärkung bei Opa Krimskrams schon so gut wie vergessen...

Caro ASS
oder warum Ehrlichkeit manchmal fehl am Platze ist

Der alte Kirmesplatz in Weitmar, in Höhe der Blankensteiner Straße an der Hattinger Straße gelegen, existiert nicht mehr. Nach und nach wurde er mit Wohnblocks und schließlich mit einem Supermarkt bebaut. In den fünfziger und sechziger Jahren gab es auf dem mit einer schwarzen Ascheschicht belegten Platz jährlich jeweils eine große Pfingst- und Herbstkirmes.

Dann gehörte ein Rundgang über die Kirmes zu unserem Familiensonntag, eine tolle Abwechslung. Meine Eltern waren eigentlich keine Kirmesfans, aber wollten uns Kindern den Spaß einer Rundfahrt auf dem Kinderkarussell nicht nehmen.

Außerdem gehörte der sonntägliche Spaziergang bei gutem Wetter zum Standardprogramm der Familie. Meist hieß das Ziel Weitmarer Holz mit dem Ausflugslokal Borgböhmer, wo man sich ein Stück einer ausgesprochen leckeren Torte gönnte.

Oft fiel aber schon unterwegs bei der Eisdiele Meier ein Eis für uns ab.

Die Kirmes bot eine willkommene Abwechslung zu diesem Standardprogramm. Um die Spannung zu erhöhen, wählte mein Vater nicht den kürzesten Weg zum Kirmesplatz, sondern steuerte das Ziel über das damals nahezu unverbaute Neveltal an. Wir gingen an der alten Sylvester Kapelle vorbei, bogen dann in die Schloßstraße ein, wo man einen schönen Blick in Richtung Linden genießen konnte. Die alte, aus offenen Backsteinen erbaute Eisenbahnbrücke faszinierte mich, weil sie ein schön gemauertes Geländer hatte. Dort hatte man auch als kleiner Mensch einen guten Blick auf das noch intakte Gleis der Bahnstrecke Altenbochum - Weitmar – Dahlhausen (heute Springorum Radweg).

Nun waren schon deutlich die Geräusche der Kirmes zu vernehmen: Los Buden - Verkäufer wetteiferten mit der Klingel des Kinderkarussells und der lauten Musik aus dem Autoscooter.

Hatten wir endlich den Kirmesplatz erreicht, konnte ich es gar nicht erwarten, das Kinderkarussell zu erreichen. Am liebsten belegte ich einen Platz in einem Feuerwehrauto. Ganz toll fand ich auch den Pilotensessel in einem Hubschrauber.

Nach der Fahrt im Kinderkarussell ging es weiter auf dem Rundgang, am Skooter vorbei, zum Kettenkarussell. Fasziniert sahen wir zu, wie das Karussell Fahrt aufnahm. Der bunt bemalte Turm des Karussells drehte sich schneller und schneller. Die an den Ketten befestigten Schaukelsitze flogen immer höher über uns hinweg und mit offenem Mund staunten wir über diejenigen, die sich trauten, auf diesem Karussell mitzufliegen.

An der Kopfseite des Platzes befand sich auch eine alte Schiffschaukel. Auch hier blieben wir fasziniert stehen und sahen den vorwiegend jungen Leuten zu, die die Schiffe der Schaukel allein durch ihre Körperkraft in immer höhere Schwingungen brachten.

Eine besondere Anziehungskraft auf junge Leute übte aber offensichtlich die Raupe aus. Laute Musik dröhnte, während sich die aneinander verketteten Wagen im Kreis immer schneller und schneller vorwärts oder rückwärts drehten. War der Höhepunkt erreicht, wurde die Musik von einer lauten Sirene übertönt. In diesem Moment wurden die Wagen für einige Abschlussrunden mit einem grünen Tuch verhüllt: Zeit zum Knutschen…. Aber davon hatte ich damals noch keinen blassen Schimmer!

Meistens fiel dann auch noch eine Zuckerwatte oder ein „Eis - Mohr" für uns Kinder ab. Meine Mutter gönnte sich eine Tüte gebrannte Mandeln; mein Vater durfte naschen.

So oder ähnlich verliefen meine ersten Besuche im trauten Kreis der Familie auf der Weitmarer Kirmes.

Später – etwas älter geworden – durften wir, meine Schwester oder Freunde, uns dann schon allein auf den Weg zur Kirmes machen. Wir erhielten etwas Taschengeld und zogen aufgeregt los. Unser Ziel war die Bude „Caro Ass". Sie bestand in der Hauptsache aus einem Spielfeld mit fünf Feldern, die von unten mit Glühbirnen angeleuchtet werden konnten: Caro Ass, Herz Ass, Pik Ass, Kreuz Ass und Joker. Nun erfolgte der Einsatz.

Jeder der Mitspieler musste einen Groschen (10 Pfennig oder heute: 5 Cent) auf ein Spielfeld setzen. Waren alle fünf Felder besetzt, drehte die Budenbesitzerin einen schwarzen Knauf, der sich mitten auf einer abgewetzten Holzplatte oberhalb des Spielfeldes befand. Durch diese mechanische Bewegung wurden die Glühlampen der Spielfelder in Funktion gesetzt und leuchteten erst schnell und dann verlangsamt auf bis das Licht schließlich nur unterhalb eines Spielfeldes aufleuchtete: Gewonnen. Der Glückspilz erhielt ein abgewetztes Bonuskärtchen. Tauschte man es gleich ein, erhielt man eine Tüte Salmiakpastillen, einen kleinen Dauerlutscher oder ein Miniaturplastikspielzeug. Attraktiver war es, die Bonuskärtchen zu sammeln, bis mehrere Punkte zusammengekommen waren. In der Auslage der Bude war zu sehen, was alles zu gewinnen war: Plüschtiere, Spiele, Vasen, Bierkrüge und kitschige Bilder. Mir hatte es vor allem eine Geschenkpackung mit Sektgläsern angetan: Sie war in der Auslage aufgebaut, ein hellblauer Karton von außen, von innen mit weichem Plüsch ausgeschlagen. Darin lagen die kostbaren sechs Sektgläser mit Goldrand. Das war ein tolles Mitbringsel für meine Eltern!

Also wollte ich unbedingt gewinnen, um diese Trophäe mit nach Hause zu nehmen. Ich setzte Groschen für Groschen ein, um das große Ziel zu erreichen....

Mein Vorrat an Groschen schmolz bedenklich zusammen, ich brauchte nur noch einen verdammten Punkt.

Ich setzte auf Pik Ass.

Pech.

Das Licht leuchtete unter dem Joker auf.

Noch einmal ein Versuch – es musste einfach klappen. Ein Blick auf die Sektgläser, ein Blick auf das Spielfeld, diesmal wurde mein vorletzter Groschen auf Caro Ass gesetzt.

Alle Spielfelder besetzt?

Es konnte losgehen.

Die Budenbesetzerin drehte den schwarzen Knauf, der Reihe nach leuchteten die Lampen unter den Spielfeldern auf:

Caro Ass, Pik Ass, Kreuz Ass, langsamer Herz Ass, noch Joker, ja jetzt: Caro Ass.....die Lampe leuchtet unter meinem Groschen!

Jaaa! Endlich hatte ich die noch erforderliche Bonuskarte!

„Na, wat willze denn haben, mein Junge?" fragte die Budenbesitzerin. Ich deutete auf die Sektgläser. Erstaunen. „Wirklich die?" zweifelte sie, denn sie hatte wohl damit gerechnet, dass ich mit meinen gesammelten Bonuskarten ein Korkenluftgewehr oder einen dicken Plüsch – Mecki wählen würde. Nein. Ich war mir völlig sicher. Die Sektgläser mussten es sein und sonst gar nichts.

Die Budenbesitzerin erfüllte mir den Wunsch, packte die Gläser vorsichtig ein, machte den Deckel zu und übergab mir das kostbare Geschenk.

Ich war stolz wie Oskar.

Nichts hielt mich mehr auf der Kirmes.

Ab nach Hause. Die Trophäe unter den Arm geklemmt.

Meine Mutter machte mir die Tür auf.
„Guck mal was ich Dir mitgebracht habe von der Kirmes!"
Ich hielt ihr das schöne Überraschungspaket vor die Nase.
Meine Mutter war tatsächlich überrascht.
Mit einem Geschenk von der Kirmes hatte sie wohl nicht gerechnet.
Sie öffnete den Deckel und holte ein Sektglas heraus.
Wunderschön fand ich dieses Glas mit dem tollen Goldrand.

„Na ja", sagte meine Mutter. „Ist ja nur billiges Pressglas!"

Ich war schockiert.
Hat sie gemerkt, dass sie mich mit diesem Spruch bitter enttäuscht
hat? Irgendwie hat sie sich tatsächlich noch bedankt.
Aber der Karton mit den Sektgläsern landete letztendlich im Keller,
die Gläser wurden nie benutzt: Mutter war ehrlich – denn Sekt in
Pressglas kam bei uns nicht auf den Tisch. Eltern können in ihrer
Ignoranz kindlichen Gefühlen gegenüber verdammt dämlich sein….

Auch heute behauptet meine Mutter noch manchmal, sie sage immer
nur ihre ehrliche Meinung.

Was macht eine solche Ehrlichkeit für einen Sinn?
Ist es nicht manchmal besser, seine eigene Meinung zurück zu stellen,
um die Freude eines anderen Menschen nicht zu zerstören und seine
Gefühle nicht zu verletzen?

Ich gehe nach wie vor gerne auf die Kirmes.
Nicht um mir den Kick schneller Karussells zu gönnen oder jede Menge
Geld an einer Los Bude zu lassen.
Nein. Es ist der Schein, der zählt. Bunte Kirmesmalerei, Glimmer,

Glitzer und hohe Aufbauten verdecken ganz normale Lastwagen und täuschen einen Prachtbau vor. Die Besucher lassen sich von diesem Schein treiben und haben auch noch Spaß dabei. Sie lachen und freuen sich über eine abgeschossene Plastikrose, die sie stolz in der Hand halten. Kirmes lebt von diesem Schein, der Vortäuschung, der augenzwinkernden Lüge – das ist Spaß, Freude und bringt Glück.

Und:
Pressglas hin, Pressglas her: Es waren nun mal die schönsten Sektgläser, die ich je gesehen hatte.

Abflüge -
in Erinnerung an meinen Sportlehrer Siepmann und meinen Cousin Bernd Mehring

Ich muss zugeben, dass ich es in der Kunst, einen Drachen steigen zu lassen, zu nichts gebracht habe. Dies lag eindeutig an meinem mangelhaften, handwerklichen Geschick, denn das Ergebnis war immer gleich. Mein gerade fertig gestellter Drachen stürzte ab: Entweder torkelte er kopfüber zur Erde oder kippte seitlich ab und bohrte sich mit einem unangenehmen Knirsch-Geräusch in die Erde. Als größte Schmach empfand ich es, wenn der gerade gebaute Drache sich gar nicht erst bequemte, in die Luft aufzusteigen, sondern wie ein nasser Sack über der Erde hing. Beim Turnunterricht in der Schule – das fällt mir in diesem Zusammenhang ein – heimste ich mir ähnlich frustrierende Niederlagen ein. Auch mein Körper wollte nie so funktionieren, wie ich es mir vorstellte. Nichts klappte. Das Seil beispielsweise. Während meine Klassenkameraden sich flink daran hochzogen und vom Gipfel der Turnhalle auf die unten Gebliebenen herabstaunen konnten, hing ich wie ein nasser Sack festgeklebt auf dem Knoten des Seils und kam keinen Zentimeter vorwärts. Wie machten die Anderen das bloß? Es bleibt mir bis heute ein Rätsel. Irgendwann ließ ich mich schlapp vom Knoten auf die blaue Turnmatte plumpsen und gab mich geschlagen. Turnunterricht bedeutete für mich eine fortgesetzte Demütigung. Ich sehe noch heute das höhnisch, abschätzige Grinsen meiner Klassenkameraden vor mir, wenn sie meiner sportlichen Glanzleistungen ansichtig wurden.
Auf dem Barren schaffte ich es mit viel Mühe, meinen Körper hoch zu stützen. Ich bekam aber einen Schweißausbruch bei dem Gedanken, meinen Körper auch noch hin- und herschwingen zu sollen. Was ich mit einem Reck anfangen sollte, wird ewig das Geheimnis meiner Sportlehrer bleiben. Der Höhepunkt des Sportunterrichtes blieb

neben dem Seil aber das Bock- oder Kastenspringen. Ich verpasste treffsicher den richtigen Zeitpunkt des Absprungs und schaffte es niemals, meinen Körper ohne Probleme über die Folterinstrumente zu wuchten. Während der größte Teil meiner Klassenkameraden mit federhafter Leichtigkeit über Bock und Kasten hüpfte, lenkte ich meinen Körper so ungeschickt darüber, dass mir der Spott der Umstehenden sicher sein konnte. Das hatte eines Tages sein Ende, denn ich wurde wegen völliger Unfähigkeit speziell von dieser Übung befreit.

Und das kam so: Beim Betreten der Turnhalle wusste ich bereits, was die Stunde geschlag

en hatte. Mitten in der Halle waren Kasten und Bock aufgebaut. „Lustiges Hüpfen" war also angesagt. Zur Begrüßung durften wir uns erst einmal in der Halle warmlaufen. Dann hieß es: „Aufstellung!" Damit war das Signal zur gleichmäßigen Aufteilung der gesamten Schülergruppe gegeben. Die ordentliche Aufstellung in Reih und Glied in gebührenden Abstand zu den Turngeräten hatten wir hundertfach durchexerziert.

Turnlehrer Siepmann forderte uns auf, Anlauf zu nehmen, auf das hölzerne Federbrett zu springen und sich somit über den Kasten zu katapultieren. Ich war finster entschlossen, es diesmal zu schaffen. Während ich in der Reihe der anderen Mitschüler auf mein Startsignal wartete, biss ich die Zähne zusammen, kniff die Augen zu und dachte: Diesmal schaffst Du es! Du wirst es den anderen zeigen! Du wirst auf **dieses** Brett springen und Deinen Körper über **diesen** Kasten federn lassen!

Als ich das Startsignal erhielt, rannte ich wild entschlossen los. Ich sah den Kasten, ich sah das Brett und wieder den Kasten und wieder das Brett. Alles kam in unglaublich rasender Geschwindigkeit auf mich zu. Siepmann stand hinter dem Kasten, um Hilfestellung zu geben und lächelte mich aufmunternd an. Der Kasten, das Brett, Siepmann....so hoch, ich? Mit sagenhafter Geschwindigkeit kam das Brett zum Absprung auf mich zu! Mein Geist schrie: „Jetzt! Spring! Hoch mit Dir!" Mein Körper reagierte nicht. Er hob einfach nicht ab und lief stur geradeaus. Noch einmal zuckte ein Signal für den Absprung durch mich hindurch. Nichts. Keine Reaktion. Der Körper lief, raste über das Brett und knallte ungebremst, ohne auch nur den leichtesten Sprung zu machen, frontal gegen den Kasten. Kasten und mein Körper wurden eins und begruben Siepmann unter sich.

Stille. Die Klasse schwieg atemlos. Kein Gegröle, kein dummer Spruch. Nichts. Einfach nichts.
Siepmann rappelte sich auf und lächelte nicht mehr. Er war geschlagen. Leid und Mitleid entsprang seinem Blick. Nie wieder sah ich von ihm ein mir zugedachtes aufmunterndes Lächeln. Zwar behandelte er mich auch fortan gut, beschäftigte mich aber während des Sportunterrichtes mit anderen, einfacheren Dingen: Matten zusammenlegen – um nur ein Beispiel zu nennen.

Während ich dem Turnunterricht nie eine Faszination abgewinnen konnte, verhielt es sich mit dem Drachenbau ganz anders. Ich war begeistert von den Drachen und bewunderte neidlos diejenigen, die es im Gegensatz zu meinem schafften, abzuheben und sich in die Wolken zu schrauben. Einen Drachen zu bauen war nicht einfach. Mit bunten Transparentpapier, feinen Holzleisten, Band und Kleister wurde der trapezförmige Drachen zusammengebaut. Augen und Mund wurde aus andersfarbigem Papier aufgeklebt und die Ohren wurden durch bunte Papierbüschel an der Seite angedeutet. Die Ohren waren gleichzeitig auch wichtig für das Gleichgewicht des Drachens. Unten erhielt der Drachen auch noch einen Schwanz. An einem Band wurden in regelmäßigen Abständen bunte Papiergewichte angeknotet, auch dies notwendig, um den Drachen in der richtigen Auftriebsposition zu halten.

Mein Vetter Bernd, der schon einige Jahre älter war als ich, war ein Meister des Drachenbaus. Bei den regelmäßig stattfindenden Verwandtschaftsbesuchen in Querenburg war er, was den Bau von Drachen anging, der König. Querenburg – heute dicht bebaut mit Ruhr-Universität, eigenem Zentrum und Hochhäusern, war noch Anfang der sechziger Jahre ein ganz kleiner Vorort von Bochum mit ausgeprägt dörflichem Charakter. Dort wo heute täglich auf der sechsspurig ausgebauten Universitätsstraße vom Schattbachtal zum Zentrum der Universität zehntausende von Autos rauschen, spielten wir in einem rund um eine Schlucht gelegenen Wäldchen Verstecken. Die großzügigen Äcker rund um Querenburg wurden nicht durch Hochspannungsmasten und Telefondrähte beeinträchtigt. Das ideale Drachengebiet also.

Wir waren gerade beim Kaffeetrinken und ließen uns Tante Elses berühmten Obst-Torteletts mit Sahne schmecken. Da öffnete sich die Wohnzimmertür. Bernd stand im Rahmen und präsentierte einen frisch gebauten, riesig großen roten Drachen. Toll. Ob wir Lust hätten mitzukommen und den Drachen steigen zu lassen? fragte er uns. Was für eine Frage! Natürlich hatte ich Lust. Mein Cousin Ludger auch. Cousine Monika und meine Schwester wollten lieber am Kaffeetisch bleiben.

Wir zogen los. Bernd übergab mir eine riesige Spindel für die Drachenschnur und erklärte mir: „Da sind mindestens 1000 Meter Schnur drauf!"

Nach einem kurzen Fußweg standen wir am Rande eines Stoppelfeldes und hatten von dort einen Blick über das ganze Ölbachtal. Es konnte losgehen. Ich durfte weiterhin die Spindel festhalten. Bernd gab rund 15 Meter Schnur frei und postierte sich mit seinem Drachen gegen den Wind, der sanft über die Kuppe zog. Und los! Ich zog an der Leine, hielt die Spindel fest in meiner Hand und rannte los, damit der Drachen den nötigen Auftrieb bekam. Es klappte. Der riesige rote Drache zog hoch! „Seil ablassen!" schrie Bernd. Ich gab Seil nach. Der Drache stieg höher. Was für ein Gefühl. Was für ein Anblick! Gerade nach oben zog der rote Drache seine Bahn, ohne auch nur nach links oder rechts zu rucken. Bernd war bereits wieder bei mir. Nun nahm er die Spindel, auf der noch viel Drachenleine aufgerollt war, an sich. Vorsichtig ließ er nach und nach die Drachenleine ab. Der rote Drache entfaltete Kraft und tänzelte leicht weit oben in der Luft. So hoch hatte ich noch nie einen Drachen fliegen sehen und Bernd hatte immer noch Leine auf seiner Spindel. Der rote Drache war jetzt nur noch als kleiner roter Punkt am wolkenlosen, blauen Himmel zu sehen. Seinen Schwanz konnte ich nicht mehr erkennen. Bernd ließ mich noch einmal an die Spindel und gemeinsam spürten wir, wie der Drachen heftig an der Leine zog. Die Spindel war fast abgerollt. Nur noch wenige Meter, dann war das Ende der Leine erreicht. Frei sein! Fliegen!

„Plöp" – ein Ruck durchzuckte das Seil. „Scheiße!" schrie Bernd und wirbelte an seiner Spindel. Es nutzte nichts. Die Leine war gerissen, einige Meter von ihr lagen schlaff auf dem Acker.

Der rote Punkt am Himmel strebte nicht mehr aufwärts, sondern kippte ab. In graziösen Saltos stürzte der Drache in weiter, weiter Ferne ab. Wir sahen seinem weit abdriftenden Todesflug atemlos und schweigend zu. Es dauerte einige Zeit, bis wir ihn ganz aus dem Blick verloren hatten.

Bernd war sauer. Auf dem Weg zurück nach Hause schimpfte und grummelte er vor sich hin. Nicht allein der verloren gegangene Drache

schmerzte ihn. Viel schlimmer war der Verlust der Leine.
Doch: Für mich bleibt Bernds roter, großer Drachen trotz seines
kurzen Daseins in bester, bleibender Erinnerung. Es ist gut zu wissen,
dass manch riskante Höhenflüge zwar schön aussehen, aber böse
enden können.

Himmlische Etüden
in Erinnerung an Heinz Marschall und Anni Keller

Zur umfassenden Bildung eines jungen Menschen zählt auch die
musische Bildung.
Dieser heute zum Allgemeingut gewordene pädagogische Lehrsatz war
bereits im Weitmar der frühen sechziger Jahre auf breiter Linie in
der Praxis verwirklicht. Denn hunderte von Kindern, die in Weitmar
aufwuchsen, gingen durch die Hände von Anni Keller.
Als ich Anni Keller kennenlernte, lebte sie zusammen mit ihrer Mutter
im Eckhaus Franziskus- / Hasenkampstraße. Dieses alte,
schiefervertäfelte Gebäude gehörte in längst vergangenen Zeiten zum
Schulgebäude, das neben der katholischen Franziskuskirche lag.
Dieses Schulgebäude wurde wie die Franziskuskirche im zweiten
Weltkrieg zerstört, aber im Gegensatz zu dieser nicht wieder
aufgebaut. Das Trümmergrundstück blieb bis Anfang der achtziger
Jahre sichtbar.
Anni Kellers Wohnung war nicht prunkvoll ausgestattet. Aber die
Möbel, Tapeten und Lampen waren mit Liebe zum Detail ausgesucht
und hauchten Vergangenheit aus: In das Ambiente hätten sich sowohl
der junge Mozart als auch Nesthäkchen, Hedwig Courths-Mahler oder
Queen Mum nahtlos einfügen können.
Ein kleines Zimmer der Wohnung war der Musikraum. An der Seite

stand ein schwarzes Klavier, darauf ein Metronome. In der Mitte waren bereits ein Notenständer und zwei mit geschwungenen Rücklehnen ausgestatteten Polsterstühle aufgebaut. Die Fenster standen voll rankender Grünpflanzen. Eine in blassen Farben mit Goldfäden durchwirkte Tapete trug dazu bei, dass man bereits andächtig atmete, wenn man diesen Raum betrat.

Anni Keller selbst hätte glatt als völlig verarmte Großnichte des russischen Zaren durchgehen können. Die weißen oder leicht ockerfarbigen Rüschenblusen wurden stets durch eine goldene Brosche am Hals zusammengehalten. Der schwarze oder dunkelblaue Samt ihres Rockes unterstrich den noblessen Grundtenor. Ihr Gesicht wurde eingerahmt von zwei großen, herunterhängenden Locken. Das ansonsten leicht gewellte Haar war vorn in die Stirn gekämmt, in der Kopfmitte durch eine goldene Haarspange zusammengehalten und fiel hinten auf Schulterhöhe herunter. Anni Kellers ganze Erscheinung strahlte dennoch niemals die Überlegenheit einer Adligen oder einer Tochter aus großbürgerlichem Hause aus. Man sah ihr an, dass sie hart für ihr tägliches Brot arbeiten musste.

Ihre ganze Liebe galt der Musik. Sicherlich wäre sie gerne eine Orchestergeigerin geworden. Mit den Symphonikern um die ganze Welt oder wenigstens im Bochumer Schauspielhaus: Das war ihr Traum!

Stattdessen wies sie meist gelangweilte und uninteressierte Banausen in die Kunst des Blockflötenspiels ein.

Wann und warum meine Mutter auf die Idee gekommen war, meine Schwester und mich bei Anni Keller zum Blockflötenunterricht anzumelden, weiß ich nicht mehr.

Ich war jedoch beeindruckt. Nicht so sehr von der Blockflöte, sondern von Anni Keller. Mit einer Engelsgeduld schaffte sie es schließlich sogar, dass auch ich meinem Instrument einige wohlklingende Töne abringen konnte. Meine Schwester war natürlich wesentlich erfolgreicher. Sie hatte bereits in kürzester Zeit das C-Flöten Kapitel beendet und war auf eine Altblockflöte umgestiegen. Sehr zu meinem Ärger. Aber Altblockflöte? Das reizte mich nicht im Geringsten. Da musste schon ein anderer Joker gesetzt werden. Mein Kumpel Peter erhielt eines Tages Geigenunterricht. Ich kam auf die naheliegende Idee, auch das Geige spielen zu lernen. Mit diesem Wunsch konfrontierte ich meine Eltern.

Zunächst hielten diese das für eine völlig absurde Idee. Aber ich ließ nicht locker. Schließlich fragten sie Annie Keller, was sie davon halte. Anni Keller erklärte mich für nicht unbegabt und wollte es mit mir versuchen.

Damit hatte ich meine Schwester und ihre Altblockflöte um Längen geschlagen...

Doch auf was hatte ich mich eingelassen? Haltungsübungen, Streichen, Takt, Noten – all das musste ich nun lernen. Aufgeben war nicht drin, denn ich wollte meiner Schwester auf keinen Fall den Triumph meines Scheiterns gönnen. Anni Kellers Aufmerksamkeit galt mir und nur das zählte....

Es begab sich, dass in der Franziskusgemeinde ein neuer Küster und Organist eingestellt wurde. Hans Glaser begnügte sich nicht damit, die Kirche in Schuss zu halten, Orgel zu spielen und den Cäcilien-Kirchenchor zu dirigieren. Er strebte nach Höherem. Es kam wie es kommen musste: Hans Glaser und Anni Keller trafen sich und beschlossen, Weitmar mit einem eigenen Orchester zu beglücken.

In Ermangelung vieler Talente griff Anni Keller auch auf mich zurück. Und so stieg ich im zarten Alter von elf Jahren zum Gründungsmitglied des Weitmarer Pfarrorchesters auf – im Volksmund später auch „Hans Glasers Airforce" genannt. Zunächst trafen sich die wenigen Orchestermitglieder im Wohnzimmer des umtriebig aktiven

Organisten. Es waren alles Originale aus Weitmar, die die Musik und ihre Instrumente liebten und die Chance ergriffen, endlich gemeinsam musizieren zu können und ein eigenes Orchester auf die Beine zu stellen.

Heinz Marschall beispielsweise spielte wie der Walzerpapst persönlich. Wenn er auf der Orgelbühne loslegte, erfüllte sich der sakrale Raum mit der Seele Wiens.

Das Orchester wurde populär und wuchs ständig. Die Proben wurden bald in der Gaststätte „Mutter Becker" oder direkt zusammen mit dem Kirchenchor auf der Orgelbühne abgehalten. Den ersten Auftritten in Weihnachts- oder Ostermesse folgten kleine Konzerte in festlichen Rahmen. Auch in Kirchen der weiteren und fernen Umgebung wurden feierliche Gottesdienste gestaltet.

Bald fiel mir auf, dass ich große Schwierigkeiten hatte, vom Blatt zu spielen. Es gelang einfach nicht, die auf dem Blatt verzeichneten Noten in Töne auf der Geige umzusetzen. Erst wenn ich ein Stück in- und auswendig kannte, gelang es mir, nahezu fehlerfrei mit zu fiedeln. Auch zu Hause bewältigte ich meine Übungsetüden, indem ich den Teufelsgeiger mimte und genau das spielte, was mir gerade in den Sinn kam. Dies hatte allerdings nicht im Entferntesten etwas mit den Notenblättern zu tun, die vor mir auf dem Notenständer lagen.

Mit steigender Professionalität des Pfarrorchesters wurden meine mangelhaften Notenkenntnisse mehr und mehr zu einem Problem. Es war nun wichtig geworden, Noten vom Blatt zu spielen. Da ich aber nur alles nach Gehör mitspielen konnte, war ich zu langsam und wurde immer häufiger als Ursache für „schräge Töne" enttarnt. Da begann ich den Spaß an der Sache zu verlieren. Mein Interesse am Instrument Geige war durch die gerade auf mich einwirkenden Einflüsse der Rockmusik sowieso rapide gesunken. Eines Tages packte ich meine Geige und Bogen in den dazugehörigen Koffer und kehrte „Hans

Glasers Airforce" den Rücken.

Kurze Zeit später fragte ich vorsichtig bei Anni Keller nach, ob sie mir einige Griffe auf der Gitarre beibringen könne. Diesem Wunsch kam sie gerne nach, denn sie wollte nichts unversucht lassen, um meine Seele vor dem musikalischen Nirwana zu retten. Das ist ihr gelungen. Sicherlich ist sie deshalb nach ihrem Tod auch im Himmel angekommen. Ich bin fest davon überzeugt, dass sie und Heinz Marschall bereits dort oben proben und die Mitglieder der Airforce Zug um Zug wieder um sich scharen.

Wenn es mir einmal vergönnt sein sollte, dort oben zu landen, würde es mich sehr freuen, wenn Hans Glasers Airforce zu meiner Begrüßung aufspielt. Anni Keller würde mich garantiert noch mal mitspielen lassen....

Fenster in der Burg Bad Bentheim

Wer schön sein will, muss leiden
in Erinnerung an eine betont lässige Verkäuferin, deren Namen ich niemals erfahren habe

Im zarten Alter von zehn bis elf Jahren hielt die Beat- (später Rockmusik) Einzug in mein Leben. Der Grund: Mitten in Weitmar wurde das an der Hattinger Straße liegende Vorstadtkino (das ich leider nie betreten habe) geschlossen und spektakulär umgestaltet. Eingerichtet wurde nach Hamburger Vorbild ein „Star Club", in dem Gruppen wie die Beatles ihre ersten Sporen auf dem Weg in die internationale Karriere angetreten hatten. Mit der Eröffnung des Star Clubs in Weitmar hatte die Beatwelle auch im Ruhrgebiet Fuß gefasst, lange bevor später Veranstaltungshallen wie die Zeche, der Bahnhof Langendreer oder das Tarm Center aus dem Boden schossen wie die Pilze. In Weitmar machten schon in den Sechzigern Gruppen wie die Troggs, die Hollies usw. Station und küssten diese eher verschlafene Vorstadt Bochums aus ihrem Dornröschenschlaf. Natürlich war ich noch zu jung, um als zahlender Besucher in den Star Club zu gehen...

Doch der Rummel um den Star Club, die Erzählungen der Eltern, die neuen Haarfrisuren der „Langhaarigen" hatten uns Kinder verdammt neugierig gemacht. Und so kurvten wir des Öfteren schon nachmittags am Star Club herum, um das Geheimnis zu lüften, wie es wohl innen in diesem Star Club aussah!

Eines Nachmittags hatten wir Glück. Eine Seitentür des Star Club war geöffnet, weil für eine Beatgruppe noch eine Verstärkeranlage angeliefert wurde. Wir trauten uns, einfach in die Halle einzutreten. Das Herz klopfte im Hals. Auf der Bühne probten „Langhaarige" in ohrenbetäubender Lautstärke. Auch erinnere ich mich, dass der Star Club mit roten Ledersitzecken ausgestattet war. Das alles war ungemein aufregend – und meine erste Begegnung mit der neuen

Jugendkultur.

Von nun an beobachtete ich schon genauer, mit welcher Kleidung und Frisuren meine Freunde herumliefen. Hosen mit einem gigantischen Schlag waren gerade ungemein modern, aber so liefen die Älteren herum. Diese Mode gefiel mir gar nicht. Aber diese blauen Hosen – von meinen Eltern „Nietenhosen" genannt – fanden mein allerhöchstes Interesse. Aber so eine Hose zu besitzen, daran war im Traum nicht zu denken. Meine Mutter mochte diese Dinger gar nicht leiden. „Mit so einer billigen Hose läufst du mir nicht rum!", sagte sie verachtend, als ich mich mal getraut hatte, meinen Wunsch nach einer blauen Nietenhose deutlich zu machen. Billig – das stand hier nicht für den Preis – sondern für die gesellschaftliche Gruppe, die bereits mit dieser Hose herumlief! Es war also zunächst nicht daran zu denken, an eine Nietenhose zu kommen.

Einen Kompromiss ging meine Mutter aber dann doch ein. Cordhosen im Jeansschnitt waren gerade auf den Markt gekommen und fanden ihre Akzeptanz. Na ja das war ja schon ein Anfang, endlich mal mit einer gut sitzenden, eng anliegenden braunen Cordhose durch die Gegend laufen zu dürfen. Nur dass meine Mutter diese Hosen immer in ihrem Lieblingsladen C & A kaufen wollte, behagte mir gar nicht. Von meinen Freunden und meiner Schwester wusste ich, dass neben dem Rathaus ein Laden namens „US-Verkauf" viel bessere Hosen verkaufte. In der Zwischenzeit hatte ich nämlich gelernt, dass zwischen einer Nietenhose und einer echten Jeans von Levis ein himmelweiter Unterschied bestand. Überhaupt „Nietenhose"! Nur Ignoranten gebrauchten abschätzig dieses Wort für eine Hose, die längst zum Lebensgefühl meiner Generation gehörte.

Was äußerst selten war: In diesem Punkt tutete auch meine Schwester in das gleiche Horn wie ich. Wir wollten unbedingt in diesem Laden unsere Hosen kaufen. Als wieder mal eine neue Hose für mich angesagt war, hatten wir meine Mutter weichgekocht. Sie machte das Zugeständnis, mit mir in den „US - Verkauf" zu gehen. Aber nur, um eine Cordhose zu kaufen!

Eine „Nietenhose" komme nicht in Frage!

Meiner Mutter muss der Gang in diesen Laden sehr schwer gefallen sein: Dies war nicht ihre Welt und behaftet mit dem Geruch von Laster und Abenteuer!

Ich hingegen frohlockte: Reihenweise grüne Parkas, Blue Jeans und auch Cordhosen. Eine betont lässige Verkäuferin bediente uns. Sie und meine Mutter liebten sich auf den ersten Blick wie Zahnschmerzen, das hatte ich sofort messerscharf begriffen. Meine Mutter orderte Cordhosen für mich zum Anprobieren als das Ungeheuerliche geschah! Die Verkäuferin fragte: „Soll er nicht auch mal eine Levis – Jeans anprobieren?"

Ich triumphierte. Das war die Gelegenheit! Keck sagte ich: „Ja, eine Levis-Jeans würde ich gerne anziehen!" „Das kommt überhaupt nicht in Frage!", bestimmte meine Mutter. „Ich will aber endlich eine Jeans haben!", konterte ich angesichts der mich ermunternd anlächelnden Verkäuferin.

Meiner Mutter riss bei dieser offen auszubrechen drohenden Revolte urplötzlich der Geduldsfaden und langte zu!

Klatsch –

hatte ich eine hängen, mitten im Gesicht und was viel schlimmer war – in diesem Laden, vor dieser Verkäuferin, die so anders war als alle anderen C & A – Verkäuferinnen zusammen.

Ich weiß nicht mehr, wie wir aus dem Laden kamen – es muss ein extrem gruseliger Abgang gewesen sein.

Meiner Mutter hat die ganze Geschichte hinterher sehr leidgetan. Sie hat sich sogar bei mir entschuldigt.
Aber es blieb definitiv der letzte gemeinsame Hosenkauf.
Die nächste Hose kaufte ich allein.
Eine Levis übrigens. Bei der netten Verkäuferin im US – Verkauf.

Einer Dohle entgeht nichts...

Abseits der Gemengelage Teil III

Martin, der spirituelle Lehrmeister unserer kleinen Gruppe der Zeitsucher, hat die Türe unseres Gruppenraumes im Haus der Stille weit geöffnet.

„Unsere heutige Übung findet draußen statt."

Wir begeben uns auf die Streuobstwiese.

Nun sehe ich sie aus einer anderen Perspektive. Der Blick aus meiner Betonzelle hatte den unteren Teil der Streuobstwiese ausgeblendet.

Martin gibt uns eine Aufgabe:

Sucht euch einen Baum aus. Jeder einen. Bewegt euch ganz langsam auf diesen Baum zu. Schritt für Schritt. Ganz langsam. Haltet den Baum im Blick. Ich gebe euch 10 Minuten Zeit – und sage dann: Stopp!

Ich habe mir einen Baum ausgesucht - einen schön gewachsenen, mit vielen rotbackigen Apfel.

Ich stehe.

Es geht los. Martin hat das Signal gegeben.

Ich mache einen Schritt nach vorne. Ich sehe den Baum mit den vielen Äpfeln. Ich fixiere ihn.

Ein nächster Schritt. Ich sehe auf den Baum.

Weiter.
Was war das? Da ist was passiert! In meinem Blickwinkel. Der Ausschnitt meines Blickfeldes hat sich verengt. Schlagartig.

Der nächste Schritt.
Nichts.

Weiter. Nichts. Ich warte.

Weiter. Da schon wieder. Als hätte es „klack" gemacht, wie in einer Diaschau. Ich habe nun nur noch die Baumkrone im Blick, nicht mehr den ganzen Baum.

Ein ‚qualitativer Sprung'! Dunkel erinnere ich mich daran, dass Marx und Engels ihre Theorie des dialektischen Materialismus mit Entwicklungsgesetzen hinterlegt hatten. Eines davon handelte von ‚qualitativen Sprüngen' – besagt: nach einer Zeit der Anhäufung von quantitativen Veränderungen kommt es plötzlich zu sprunghaften qualitativen Veränderungen. Oder anders ausgedrückt: Es gibt – wie bekannt – den berühmten einen Tropfen, der das Fass zum Überlaufen bringt.

Auch hier auf einer Klosterwiese ein fühlbarer Beweis der marxistischen Theorie?

Ich gehe schrittweise nach vorne, aber mein Bildausschnitt ändert sich nicht der Schrittfolge angepasst kontinuierlich, sondern in Sprüngen.

Ich staune.

Auf jeder neuen Qualitätsstufe nehme ich andere Einzelheiten des Baumes wahr, die Form der Äste, die Blätter, die reifen Äpfel, bis ich schließlich einen einzigen Apfel in meinem Bildausschnitt habe.

Ein Apfel. Gelb mit roten Backen.

Mein Weg hat mich langsam an dieses Ziel gebracht. Zu einem Apfel.

Schlagartig fällt mir die biblische Geschichte von der Vertreibung aus dem Paradies dazu ein. Der Garten Eden und der Apfel.

„Die Zeit ist um", ruft Martin und beendet die Übung. Sie hat zehn Minuten gedauert.
10 Minuten? Eine Stunde? Meine innere Uhr war definitiv abgeschaltet.

Ich bin überwältigt von der Wucht der Eindrücke und Gedanken, versuche sofort, die Bruchstücke der Erkenntnisse in meinem Gedächtnis zu sichern, um mich weiter mit ihnen zu beschäftigen.

Caesar

hat mein weiteres Leben nachhaltig geprägt.

Ich meine nicht den ollen Römer, diesen Julius, dem ein Verhältnis mit der schönen Kleopatra nachgesagt wird. Gemeint ist Ludger Bussmann, den es in den Jahren von 1970 bis 1973 als Kaplan in unsere St. Franziskus – Gemeinde nach Weitmar verschlug. Und dieser trug den Spitznamen „Caesar". Nicht ganz zu Unrecht, denn wie der römische Namensvetter vermochte er es, die Verhältnisse gründlich zu verändern....

Caesar schlug im verschlafenen Weitmar ein wie eine Bombe. Mit jugendlichem Elan, Engagement und Witz machte er sich daran, die ganze Pfarrgemeinde in kürzester Zeit gründlich umzukrempeln. Nicht nur wir Jugendlichen, sondern auch viele der sich nach einem Aufbruch der verkrusteten Verhältnisse sehnenden Gemeindemitglieder, wurden innerhalb kürzester Zeit von seiner mitreißenden Art angesteckt. Bildlich ausgedrückt: Caesar kam in eine überschaubare, kleinbürgerliche Gemeinde, öffnete Fenster und Türen und ließ konsequent den abgestandenen Mief raus. Herein wehte ein warmer Frühlingswind, der Lust machte auf etwas Neues, Unbekanntes. Mit einer guten Nase konnte man neben dem aromatischen Frühlingsduft in diesem Wind auch einen Hauch von revolutionärem Pulverdampf ausmachen.

Was überall im Lande spürbar war, kam nun auch in Weitmar an. 1968 hatten die Studenten an den Unis skandiert: „Unter den Talaren – der Muff von 1000 Jahren!" Die kleinbürgerliche Biedermannfassade der jungen Nachkriegsrepublik wurde durch die Studentenrevolte eingerissen. Caesar hat einiges von dem neuen, noch jungen und erfrischenden Zeitgeist mit einer Verspätung von zwei Jahren in das verschlafene Weitmar gebracht. Es war eine Befreiung, die Katholiken in Weitmar waren begeistert!

Mit einer Charme – Offensive ohnegleichen gelang es Caesar, rückständige Widersacher in Schach zu halten. Und nicht wenige Frauen aller Altersstufen der Gemeinde fragten sich in Anbetracht seines Sexappeals hinter verzückt vorgehaltener Hand, warum ausgerechnet dieser „Kerl" zölibatäre Verpflichtungen eingegangen war? Ein Jammer!

Als eifriger Messdiener bin ich Caesar sehr schnell nach seinem Amtsantritt begegnet. Ich war damals 14 Jahre alt, mitten in der Pubertät und sehr unglücklich.
Das Unglück hatte einen Namen und hieß: Schule.
Genauer gesagt: Theodor-Körner-Schule.
Mit Ach und Krach hatte ich mich in den letzten 4 Jahren mit einer Ehrenrunde in der Quarta (für die Nachgeborenen: 7.Klasse) in die Untertertia (8.Klasse) vorgearbeitet, quälte mich mit Mathematik, Latein und Englisch am Rande des Abgrundes herum und hatte bis dato nichts ausgemacht, was mich an dieser Schule und deren Lehrinhalten interessierte.
Auch meine heimische Welt, also das Leben nach der Schule, befand sich in einer echten Krise. Ich machte gerade erste tapsige Schritte in das Jugendalter. Wichtigster Zugang dafür bildete die Musik. Stolz hatte ich mir meine erste Single „It don´t come easy" von Ringo Starr geleistet. Die Beatles hatten sich gerade endgültig getrennt.
Besonders hatte es mir aber die Gruppe Creedence Clearwater Revival – kurz CCR angetan. Der Sänger der Band, John C. Fogerty, röhrte mit seiner kehligen Rockstimmer derartig, dass die Musik der Band auch im ältesten Klapperradio noch richtig gut klang. Von meinem nicht gerade üppigen Taschengeld kaufte ich mir meine erste LP „Bayou

Country" der Band. Im Musikhaus Kühl an der Kortumstraße waren LPs zum Einheitspreis von 22,- DM zu haben. Das war damals eine Menge Geld….

Die Platte nudelte nun auf meinen kleinen Plattenspieler rauf und runter, manchmal unterbrochen von Zwangspausen, die meine Mutter verursachte, weil sie „den Krach" nicht mehr aushalten konnte. Brutal beendete sie meine Musiksessions, in dem sie kurzerhand die Sicherung aus dem Schalterkasten drehte. Schon mal das Geräusch gehört, wenn eine Nadel auf einer LP langsam zum Stillstand kommt? In diese triste Welt, in der ich noch nicht so recht wusste, wo unten, oben, links oder rechts war, platzte also Caesar.

Schnell hatte er mich am Wickel und fragte mich, ob ich nicht Lust hätte, eine neue Messdiener-Gruppe aufzubauen. Mit meinen 14 Lenzen fühlte ich mich natürlich sehr gebauchpinselt. Na klar – ich sagte begeistert zu.

Von da an ging es Schlag auf Schlag:

Sehr schnell fanden sich fast mein gesamter Freundeskreis und meine Schwester in der Katholischen Jungen Gemeinde (KJG) wieder. Eine Aktion nach der anderen wurde in den folgenden Monaten und Jahren gestartet – nur einige kann ich hier aufführen:

Altpapiersammlungen, um mit dem Erlös Neuanschaffungen für die Jugendarbeit zu leisten; Zeltfreizeiten; Wochenendfahrten, die Initiierung von Pfarrfesten und: die Donnerstags-Gespräche. Letztere erwiesen sich als besonders anregend und wichtig. Zu den Gesprächen wurden zu sehr unterschiedlichen Themen Referenten eingeladen. Es entwickelten sich meistens sehr lebhafte Diskussionen. So wurde eine breit gefächerte politische, kulturelle und religiöse Bildungsarbeit vom Allerfeinsten geleistet. Schule konnte man dagegen echt vergessen. Rückblickend kann ich sagen, dass ich hier wesentlich mehr lernte. Und ich erlebte mich erstmalig als verdammt wissbegierig. Dieses Gefühl kannte ich bis dahin noch gar nicht.

Caesar öffnete nicht nur Herzen und Verstand, sondern auch seine
Wohnung in der Vikarie. Die Donnerstags-Gespräche erwiesen sich
schon bald als nicht mehr ausreichend. Und so fanden wir uns des
Öfteren in munterer Runde am Wohnzimmertisch von Caesar ein und
diskutierten über Gott und die Welt. Dumm war nur, dass Caesar keine
vernünftige Musik zu bieten hatte. Er war nämlich ein
ausgesprochener Klassikfan. Von Beat- und Rockmusik hielt er nicht
besonders viel. Lediglich eine Single der Beatles befand sich in seiner
Plattensammlung: „All you need is love". Den Titel hatte er
wahrscheinlich eher aus christlichen Motiven gewählt, um damit eine
Predigt über das Thema Liebe zu gestalten.
Sein weiterer musikalischer Hang zu Hildegard Knef und Edith Piaf ließ
mich erstmalig leicht an seinem Geschmack zweifeln.
Wesentlich mehr interessierte mich aber eine LP in Caesars Sammlung,
die mich musikalisch zwar nicht besonders anzog. Dafür waren die
Texte für mich etwas völlig Neues und hoch brisant: „Vatis
Argumente", „Verteidigung eines alten Sozialdemokraten", „P.T. aus
Arizona", „Tante Th´rese" oder „In den guten alten Zeiten" fand ich
einfach genial. Und so oft ich konnte, landete diese LP von Väterchen
Franz, dem Liedermacher Franz-Josef Degenhardt, den ich bis dato
nie gehört hatte, auf Caesars Plattenteller.
Halt, Stopp!
Caesar war beileibe kein Linker! Politisch war er eher auf einem
liberalen CDU-Kurs. Aber die beißende Kritik des aus erzkatholischen
Verhältnissen stammenden Franz-Josef Degenhardt – sein Cousin war
Erzbischof in Paderborn – an dem Mief des katholischen
Kleinbürgertums und der Gesellschaft hatte es auch Caesar angetan.
Die grundsätzliche Kampfansage an das Gesellschaftssystem, die

Franz-Josef Degenhardt in den späten Sechzigern formulierte, lehnte Caesar aber strikt ab.

Mich hingegen hatte auch die radikale Degenhardt´sche Gesellschaftskritik infiziert – besser gesagt fasziniert. Man kann auch sagen: Sie waren der Beginn meines kritischen, politischen Denkens. Und Stück für Stück begann ich in den folgenden Jahren, die mich umgebende Wirklichkeit mit einer sehr kritischen Brille zu betrachten.

Neben den Donnerstagsgesprächen sind diese Abende in Caesars Wohnzimmer prägend für mein weiteres Leben geworden.

Unter dem Dach der Vikarie überließ Caesar uns zwei Räume. In einem richteten wir den Redaktionsraum der Jugendzeitung Kontakt ein. Das zweite Zimmer war der Elektronik-Bastelraum. Hier trieben die Technikfreaks Gerd Pospiech und Peter Faubel ihr Unwesen: Alte Röhrenradios auseinandernehmen und zu gigantischen Verstärkereinheiten zusammenbraten – das waren die offensichtlichen Aktivitäten in diesem Raum – ich komme später noch darauf zurück. Mich interessierte mehr die Zeitung: Schon bald war ich fest in das kleine Redaktionsteam um Angelika Wille integriert. Ziel war es, monatlich die Zeitung mit einer Auflage von 150 – 200 Exemplaren unter das Jugend / Kirchenvolk zu bringen.

Das war leichter gesagt als getan. Denn damals gab es noch keine Kopierer, keine PCs, von E-Mail und Faxgeräten ganz zu schweigen. Unsere Artikel schrieben wir meistens zu Hause. Ich hatte eine alte, schwarze Schreibmaschine aus schwerem Eisenguss. Ihr Nachteil war, dass sich manchmal die Hebel der Buchstaben ineinander verhakten, weil sie schon ziemlich ausgeleiert waren. Da ich bald jede Menge Artikel schrieb, lernte ich mit meinem Vierfinger-Suchsystem relativ schnell zu schreiben.

Die fertigen Artikel brachten wir dann zur Redaktionskonferenz in unseren KONTAKT –Redaktionsraum mit. Die bestand meistens aus einem sehr kleinen Kreis von Aktiven. Die Artikel wurden laut vorgelesen und wo nötig verbessert. Nur selten kam es vor, dass ein Artikel gar nicht genommen wurde.

Stand der gesamte Inhalt – neben inhaltlichen Themen gab es eine Filmkritik, die obligatorische Hitparade und natürlich Veranstaltungshinweise der KJG – konnte das Druckwerk beginnen. Das war eine ziemliche Prozedur und ging so:

Wir arbeiteten mit Wachsmatrizen, die auf alten Schreibmaschinen beschrieben wurden. Unsere Artikel mussten also in der Endfassung erneut abgetippt werden – nur in diesem Fall nicht auf Papier! Beschrieben wurde eine Wachsmatrize. Mit einem festen Anschlag auf den gewünschten Buchstaben, donnerte der Buchstabenhebel auf die Wachsmatrize und stanzte dort einen Buchstaben. War der Anschlag zu fest gewählt, kam es schon mal vor, dass in der Matrize ein schönes Loch entstand. Insbesondere das „O" war sehr anfällig dafür. Also Vorsicht! Aber: Zu wenig Anschlag brachte auch nichts, dann waren die Buchstaben zu schlecht eingestanzt und das Druckergebnis anschließend katastrophal. Konzentriertes Arbeiten war also höchst erforderlich.

Hatte man auf diese Weise endlich den gesamten Text in die Matrize gemeißelt, folgte der eigentliche Druckakt.

Wir verfügten über ein Ungetüm von Wachsmatrizendruckmaschine, wahrscheinlich ein abgelegtes Exemplar aus dem Pfarrbüro. Baujahr? Schätzungsweise kurz nach dem Zweiten Weltkrieg.

Die Matrize wurde auf die Farbwalze einer Druckmaschine gespannt. Mit einer Drucktaste wurde jede Menge Druckertinte auf die Farbwalze gegeben. Dort zwängte sie sich durch die Buchstaben und beschriftete das Papier, das mit einer vorsintflutlichen Technik mechanisch eingezogen wurde – wenn alles klappte. In der Regel ging irgendetwas schief. Es war eine Schweinearbeit und bis eine Ausgabe der Zeitung endlich erstellt war, war so mancher Abend vergangen. Denn die gedruckten Seiten mussten ja noch stapelweise nebeneinander gelegt und geheftet werden. Das war wie ein Rundlauf beim Tischtennis, nur das man hier immer schön die Seiten der Zeitung aufeinander legen musste.

Die Jugendzeitung Kontakt erschien mit schöner Regelmäßigkeit monatlich über viele Jahre und entwickelte sich nachfolgend zu einer kritischen Stimme im Alltag der Pfarrgemeinde.

Caesar unterstützte uns, wie es eben ging. Nachdem er nach kurzer Zeit mitgekriegt hatte, dass es um mich in der Schule sehr schlecht bestellt war, gab er mir einige Lektionen Latein. Ich schaffte so die ein oder andere Klassenarbeit.

In der Jugendarbeit setzte er Impulse und gab uns nicht nur das Gefühl, gestalten zu können und Verantwortung zu tragen: Nein, er überließ uns reale Gestaltungsräume und machte uns deutlich, dass wir Verantwortung, z.B. für unsere Gruppenkinder, übernommen hatten. Welcher Jugendliche kann das heute erleben?

Viel zu früh verließ Caesar die Pfarrgemeinde im Jahr 1973, um in Mühlheim an einer Gesamtschule Religionslehrer zu werden.
In Weitmar hat er in kürzester Zeit unglaublich viel bewegt und angestoßen.
Unser Kontakt blieb auch in den nächsten Jahren erhalten. Bei einigen Jugendfreizeiten und privaten Touren war er noch dabei.

Bei einer Urlaubsreise im August 1984 zusammen mit Ulla und Eddy

geschah dann das Unfassbare. Der gute Schwimmer Caesar geriet an der Atlantikküste in Frankreich in eine tückische Grundströmung, wurde vom Ufer weggezogen und ertrank.
Das war für uns alle ein Schock. Wir waren entsetzt und unendlich traurig.

Caesar war nicht zu ersetzen.

Und manchmal wünsche ich mir, dass wieder so ein Wind durch unser Land weht. Kein kalter, revolutionärer Sturm, der die Bäume knickt, sondern ein warmer Frühlingswind, der die Herzen erwärmt und Lächeln auf Gesichter zaubert.

Dieser Wind ist es, der dem langen, nicht enden wollenden Winter mit einem Schlag ein Ende bereitet.

Kornblumen wachsen in Plattenfugen ... wunderbar!

Im Morast des Realsozialismus
in Erinnerung an Ernst Hill

Als 2014 die ersten Berichte aus Dresden über
Volksbewegung" PEGIDA (Patriotische Europäer gegen die
Islamisierung des Abendlandes) im Fernsehen liefen, kamen darin
Menschen zu Wort, die aus ihren Ressentiments gegen Fremde
keinerlei Hehl machten: Eine brisante Mischung aus Aggressivität und
Gefühlen, man sei benachteiligt und betrogen worden, hatte sich da
zusammengebraut. Und die Sehnsucht nach der heilen abgeschotteten
Welt, in der kein Fremder stört, aber alle Konsumgüter vorhanden
sind, wurde greifbar.
Bei der Bundestagswahl 2017 wurde die weiterhin existierende tiefe
Spaltung unseres Landes deutlich sichtbar. Zwar wurde die
fremdenfeindliche Alternative Für Deutschland - AFD - auch im Teil
der alten Bundesrepublik gewählt. Doch in den östlichen Bundesländern
erreichte sie Spitzenwerte.
Wie konnte es passieren, dass ausgerechnet im Osten, dort wo 40
Jahre lang der Antifaschismus eine Staatsdoktrin war, völkisch -
rassistische Ideen derartig populär wurden? Was hat zu dieser
Entwicklung geführt?
Entstand dieses Denken bei Teilen der Ex-DDR Bevölkerung unter dem
Einfluss des Westens oder keimte die Saat bereits zu Zeiten des
Realsozialismus?
Ist eine Ursache für diese Entwicklung darin zu suchen, dass sich die
beiden deutschen Staaten vierzig Jahre lang auseinander entwickelten
und dabei Haltungen und Einstellungen geprägt wurden, die bis heute
nur schwer auf einen Nenner zu bringen sind?

Wie wenig wir Deutschen bereits vor dem Mauerfall voneinander wussten, wurde mir besonders nach meinem ersten privaten Besuch in der DDR deutlich. Vorher hatte ich die DDR nur bei einigen offiziellen - aber durchaus intensiven - Begegnungen kennen gelernt. Dort wurde ich mit gut geschulten und überwiegend sympathischen Funktionären und Lehrkräften des Marxismus-Leninismus konfrontiert, die selten um eine Antwort verlegen waren und es verstanden, die gesellschaftliche Entwicklung der BRD und des Realsozialismus klug und kritisch zu analysieren.

Nun aber begab ich mich mit der angeheirateten Familie auf eine ganz private Besuchstour.
Die 1980er Jahre hatten gerade begonnen. Deutschland gab es noch in zwei Teilen: Im Westen die Bundesrepublik Deutschland (BRD), im Osten die Deutsche Demokratische Republik (DDR). Zu diesem Zeitpunkt deutete noch nichts darauf hin, dass sich dieser Zustand schon knapp 10 Jahre später radikal verändern sollte. Im Gegenteil. Auch ich glaubte fest daran, dass diese Zwei-Staaten-Lösung in der Blockkonfrontation zwischen Ost und West noch eine sehr lange Laufzeit haben würde.

Mein damaliger Schwiegervater Ernst war ein Mann, der es sich zur Angewohnheit gemacht hatte, direkt zur Sache zu kommen.
Vermittelte stets den Eindruck, als schere es ihn einen feuchten Kehricht, was andere denken.
Er war clever und interessierte sich brennend für alles, was mit Politik zu tun hatte.
Spiegel-Leser aus Überzeugung.
Jahrgang 25. Den Krieg hatte er in Russland erlitten. Er geriet in Gefangenschaft und brachte einige Jahre in Russland zu. „Die Russen haben uns gut behandelt," pflegte er zu sagen. „Die hatten selbst

nichts zu fressen und haben uns trotzdem nicht verrecken lassen. Nach alledem, was wir Deutsche ihnen angetan haben!"

Nein auf die Russen ließ er nichts kommen.

In der Zeit des kalten Krieges bestellte er sich die Zeitschrift „Sowjetunion heute", die von der sowjetischen Botschaft in Bonn herausgegeben wurde. Damit konnte er glatt als kommunistischer Sympathisant angesehen werden.

War er irgendwie auch.

Aber beruflich das glatte Gegenteil.

Versicherungsmakler.

Hatte sich vom Schlosser zu einem selbstständigen Versicherungsagenten hochgearbeitet. War unglaublich überzeugend, schrieb Verträge über Verträge. Machte Karriere bei der Gesellschaft und wurde schließlich Bezirksdirektor. Erfolgreich. Sein Bezirk machte im internen bundesweiten Wettbewerb regelmäßig den ersten Platz und heimste dicke Prämien ein.

Amerikanische Verkaufsmethoden waren ihm am Liebsten.

Wettbewerb und Konkurrenz mussten sein, um das Geschäft auf Hochtouren zu halten.

Sozialdemokrat.

Was sonst sollte er sein.

Er, mit dem Herzen eines idealistischen Revolutionärs, mitten in der profanen Wirklichkeit des bundesdeutschen Kapitalismus, den er mit all seinen Segnungen kein bisschen ablehnen konnte.

Aber die Konservativen waren ihm zuwider.

Schließlich hatte CSU - Chef Franz-Josef Strauß seinen Spiegel - Herausgeber Rudolf Augstein verhaften lassen.

Privat machte er, was ihm einfiel.

Sein Lieblingsplatz war vor dem brennenden Kamin. Dort lag er, las ein

Buch oder eben seinen Spiegel, egal was um ihn herum passierte. Hatte seine Frau Mia Besuch eingeladen, die Kaffeetafel festlich gedeckt, blieb er selbst dann dort liegen, als die Gäste bereits eingetroffen waren. Während diese den Kuchen in sich hineinmümmelten, sprang er plötzlich auf, rannte an den Gästen vorbei an die Gartentür und rief: „Mia! Wo ist der Kater!"

Mia musste ihn dann auf den Teppich bzw. an die Kuchentafel holen.

„Ernst", sagte Sie vorwurfsvoll. „Willst Du nicht mal Deine Gäste begrüßen?"

„Ach so" knurrte er, gab jedem artig die Hand, um sich dann mit an den Tisch zu setzen. Kurze Zeit später brillierte er ohne Reumütigkeit wieder als charmanter Gastgeber und intelligenter Gesprächspartner. So nahm ihm das keiner wirklich übel. Seine Macken wurden durch seine positive und gewinnende Ausstrahlung spielend übertüncht.

Eines Tages kam Mia auf die Idee, die 'Not leidende Verwandtschaft in der DDR' zu besuchen. Diverse Briefe waren geschrieben und über die mit Stacheldraht, Minen und Zensur gesicherte Grenze gegangen. Mia war voll des Mitleids und befürchtete, dass die Verwandtschaft im Osten kurz vor dem Hungertod stand.

„Wir müssen uns da unbedingt sehen lassen und helfen!" beschwor sie Ernst.

Der grummelte und hatte überhaupt keine Lust, die Reise in „die Zone" anzutreten.

Als Tochter Doris und ich anboten, daraus doch einen kompletten Familienausflug zu machen, war er schließlich Feuer und Flamme.

Mia auch.

Sie kaufte ein was das Zeug hielt und erfüllte – wie sie meinte – alle Wünsche, die die holde Verwandtschaft in direkter Art geäußert hatte:

Eduscho-Kaffee, Tempo-Taschentücher, Seidenstrümpfe.

Mia aber war der Meinung:

„Aldi tut´s auch! Wir sind ja schließlich nicht Krösus!" und kaufte dort den Laden leer. Einige Hunderter DM – Scheine machte sie locker. Sie wollte sich nicht lumpen lassen.

Der Kofferraum des grünen Mercedes wurde mit Geschenken beladen, jeder Winkel wurde ausgenutzt. Auch unsere Taschen für das verlängerte Wochenende mussten schließlich noch eingepackt werden. Unser Besuch in der DDR war angekündigt. Die Formalitäten dort waren erledigt.

Es konnte losgehen.

Mia war hoch besorgt.

„Hoffentlich kriegen wir das alles über die Zonengrenze!"

„Das wird schon klappen", meinte Ernst und schwang sich hinter das Steuer.

Während der Fahrt durch NRW und Niedersachsen unterhielten wir uns blendend und lachten viel. Dann näherten wir uns Helmstedt, es war nun nicht mehr weit bis zur Grenze. Nicht nur Mia wurde schweigsamer. Sie reagierte in Anbetracht des Kofferraums hochgradig nervös, was man ihr unschwer an der zuckenden Nasenspitze ansehen konnte.

Auch Doris und ich waren gespannt, was uns an der Grenze erwartete. Nur Ernst tat so, als könnte ihn nichts tangieren und plauderte munter weiter.

Die martialische Grenze wurde sichtbar.

Wachttürme mit angebrachten Flutlichtern, Betonsperren auf der Fahrbahn, Stacheldrahtzäune, Nur noch eine Fahrspur offen. Wir nähern uns den Kontrollposten. Die vor uns in der Schlange fahrenden Autos werden auf unterschiedliche Spuren gewunken. Dort erfolgt die genaue Inspizierung. Bewaffnete Grenzposten mit stoischen Gesichtern.

„Oh Gott", stöhnt Mia.

Ob sie Angst um ihr Leben oder um die vielen Tafeln Schokolade hat, die sich hinten im Kofferraum befinden, bleibt ein Geheimnis. Sie ist nicht mehr in der Lage, ganze Sätze von sich zu geben. Ihre fahle Gesichtsfarbe spricht Bände.

Ernst grinst.

Wir sind gespannt.

Der Wagen vor uns wird von den Zöllnern unter die Lupe genommen. Derweil hält der Bewaffnete die nachkommende Schlange im Blick. Der Kofferraum muss geöffnet werden. Einige Gepäckstücke werden herausgeholt. Der Zöllner steckt seinen Kopf tief in das Innere. Findet aber offensichtlich nichts.

„Oh Gott", stöhnt Mia ein zweites Mal.

Schweißperlen stehen auf ihrer Stirn.

„Jetzt bleib mal locker", meint Ernst. „Schließlich hab´ ich doch meine Zeitungen dabei und deutet mit dem Daumen nach hinten auf die Ablage.

Tatsächlich.

Dort wo andere vorzugsweise Kissen, Hüte oder umhäkelte Klorollen abstellen, hat Ernst die gesammelte Kollektion seiner „Sowjetunion heute" drapiert.

Das kann ja spannend werden.

Nach unendlichen Minuten ist die Kontrolle des Wagens vor uns endlich abgeschlossen. Er wird in den real existierenden Sozialismus entlassen. Die Zöllner winken uns heran.

„Was Besonderes dabei?", ertönt es im schönsten sächsisch.

„Außer unserem Gepäck und ein paar Heften für die Verwandtschaft ist nichts dabei", lügt Ernst kackenfrech, lächelt sein charmantestes

Lächeln und deutet mit dem Daumen nach hinten in die Ablage.

Mia stöhnt leise. Sie ist am Ende.

„Hefte?"

Der Zöllner runzelt erstaunt die Stirn.

Als er die Hefte sieht, lächelt er.

„Sowjetunion heute", nickt er anerkennend.

„Von der sowjetischen Botschaft, tolle Hefte!", ergänzt Ernst als handele es sich um wertvolle Ausgaben des Time Life Magazine.

„Gut!", nickt der Zöllner nun sehr freundlich und wohlwollend.

„Dann fahr´n se mal weiter. Und guten Aufenthalt!"

Winkt und ab.

Wir sind sprachlos.

„Na guck, sag´ ich doch, die sind gar nicht so schlimm!", strahlt Ernst seine Mia an, die schlagartig in das Leben zurückgefunden hat und so heftig lacht, dass ihr die Tränen die Backe herunter laufen.

In Anbetracht dieses Freudenanfalls können wir nicht anders und kugeln uns ebenfalls vor Lachen.

Von Angst befreit und bestens gelaunt setzen wir die Fahrt fort.

Über die Betonplatten der DDR – Autobahn. Die schlecht aneinander gepassten Nähte der Platten bestimmen das Fahrgeräusch:

Plopp….plopp….plopp. Mehr als 80 Stundenkilometer sind nicht drin.

Die Ausfahrt naht.

„Jetzt wird´s lustig", kündigt Ernst an und bremst auf 30 Stundenkilometer ab.

Tatsächlich.

Die Ausfahrt aus Kopfsteinpflaster ist mit Schlaglöchern übersät.

„Wer da mit Vollgas rein brettert, wird wohl ein Achsschaden davon tragen", denkt Ernst laut.

Nach einer dank der guten Federung des Mercedes ruhigen Fahrt über kleine Landstraßen erreichen wir unser Ziel.

Der Ort verwundert mich sehr. Kein Leben ist sichtbar. Die Straßen
sind kahl und ohne grün. Da auch die Häuserfronten und Fenster seit
Jahren keine Farbe gesehen haben, macht das Ganze einen tristen und
wenig einladenden Eindruck.

Tatsächlich haben die Dörfler auch um ihre Häuser und Grundstücke
Mauern gezogen, so dass sich Mauern quer durch das Dorf ziehen.
Sobald unser Auto ausgemacht ist, wird die Hoftür geöffnet – es ist
vor allzu neugierigen Nachbarblicken geschützt im Hinterhof. Hier
lebt es sich - alles grün und gemütlich. Der triste Eindruck von vorne
entschwunden.

Wir werden von der Verwandtschaft - Mias Cousine und Anhang –
herzlichst begrüßt.

Das Auto wird bestaunt.

„So was gibt´s bei uns ja nicht!" hören wir.

Mia öffnet den Kofferraumdeckel und spielt glücklich Bescherung in
der ihr die Hauptrolle als Christkind zugedacht ist. Ein Paket nach dem
anderen entschwindet in der Wohnung.

In der Wohnung angekommen, werden wir erst einmal mit einem
Kaffee und Kuchen begrüßt.

Dann kann es die holde Verwandtschaft nicht mehr abwarten.

Die Orgie kann losgehen.

Ein Paket nach dem anderen wird aufgerissen und der Inhalt bestaunt.
Aber: Ganz zufrieden ist man nicht. Mia lag mit ihren Aldi – No - Name
Produkte nur bedingt im Plansoll. Sollte es nicht Markenware sein?
Hatte man nicht extra darum gebeten, Eduscho, Triumph und Tempo
mit zu bringen?

Na ja. Die Erwachsenen freuen sich trotzdem – aber gedämpft.

Nur die minderjährige Tochter des Hauses zeigt offen, worauf es
ankommt.

„Mal sehen ob die auch reißfest sind!" ruft sie während blitzschnell ein Paket Papiertaschentücher geöffnet wird. Vor den Augen der Versammelten wird die Qualitätskontrolle zelebriert – natürlich reißt das Papiertaschentuch sofort. Das Kind ist enttäuscht:

„Billigware!", entfährt es ihr und rümpft die Nase.

Mia ist stocksauer.

„Na hör mal!", sagt sie. „Meinst du, das hier ist nicht mindestens genauso gut? Glaubst du denn, ein Tempo reißt nicht?"

„Nein! Das zeigen sie immer im Fernsehen!", ist die trotzige Antwort des durch Westfernsehkonsum perfekt gebildeten Kindes.

Wir sind bass erstaunt.

Auch darüber, wie 'schlecht' es der Verwandtschaft geht.

Beim Abendessen wird aufgefahren, was das Zeug hält. Fingerdick wird die Wurst auf die Brote gelegt. Die Hungersnot hat hier jedenfalls keine Station gemacht.

Während die Brote in sich hinein gestopft werden, erklären die Verwandten vollmundig, wie schlecht es ihnen geht.

„Bei uns gibt´s das ja nicht", ist der Spruch des Tages.

Irgendwann ist es dann soweit. Ernst platzt der Kamm.

„Meint ihr eigentlich, bei uns ist alles Zuckerschlecken?", fragt er schließlich sehr bestimmt. „Was denkt ihr wohl, wie viele Familien bei uns klar kommen müssen, mit viel weniger, als ihr hier habt. Bei uns gibt´s viele Arbeitslose!", erklärt er.

„Wer Arbeit will, der kriegt auch welche!", lautet die Rückantwort.

Das haute uns vom Hocker. Denn genau mit dieser infamen Unterstellung wurden ja bei uns in der BRD die Arbeitslosen als 'arbeitsscheue Schmarotzer des Systems' diffamiert.

Die Zonis hatten auch diese Weisheit dem Westfernsehen entnommen. Na, da war Ernst aber in seinem Element.

„Ja, glaubt ihr denn wirklich den ganzen Käse, der da gezeigt wird?"
Ernst hielt ein bestechendes Grundsatzreferat über die
Klassenauseinandersetzungen in der BRD, die jedem SED –
Bildungssekretär alle Ehre gemacht hätte.
Die Verwandtschaft staunte und erglühte. Mit roten Ohren saßen sie
am Tisch, während Ernst ihnen die Leviten las.
Verkehrte Welt: Hier erklärte ein Wessi mühsam den ungläubigen
Ossis, warum in der DDR nicht alles totaler Mist war und in der BRD
nicht überall goldene Schlösser standen, in denen alle Bürger in Luxus
schwelgen konnten.
Die Gardinenpredigt verhallte allerdings ohne erkennbare Reaktion.
Wahrscheinlich verhielten diese Menschen sich auch genauso bei den
offiziellen Betriebs- und Parteiversammlungen im DDR-System:
Schnauze halten und nur am Küchentisch die Meinung sagen.

Ich bedauere heute sehr, dass wir diese Szene nicht mitfilmen
konnten. Ich würde sie zu gerne heute – Jahrzehnte später – uns und
den damals Versammelten noch einmal zeigen. Wo sie doch jetzt – nach
Mauerfall und Zusammenbruch des real existierenden Sozialismus auf
deutschen Boden - die Segnungen des Kapitalismus in allen Facetten
kennen lernen durften.
Vielleicht hätte der Film auch uns den Spiegel der Besserwessis
vorgehalten – wer weiß das schon?

Der Rest des Besuches ist mir nicht in bleibender Erinnerung
geblieben. Man tauschte Höflichkeiten aus – aber die Distanz war mit
Händen greifbar.

Erleichtert ließ sich Mia schließlich zur Rückfahrt in den Mercedes
fallen. „Das war´s ja wohl!", erklärte sie noch bei der Ausfahrt aus

dem Dorf.

„So was von undankbar!", entfuhr es ihr kurze Zeit später.

Wir aber hatten begriffen, dass zwischen uns und den in der DDR lebenden Menschen Welten lagen. Zu unterschiedlich unsere Erfahrungen, der Alltag, die Werte, die Systeme ...

Unsere Vorstellungen eines gerechten und menschlichen Sozialismus hatten wenig mit der Wirklichkeit in der DDR zu tun. Auch hatten wir keine Ahnung, warum die Mitbringsel unbedingt Markenartikel sein sollten. Viel später hörten wir, dass diese als Tauschartikel bestens geeignet waren, weil es eben nicht alles in den Geschäften der DDR zu kaufen gab. Mit westlichen Markenartikeln ließ sich dann doch so manches machen.

Die hermetisch abgesicherte innerdeutsche Grenze sorgte für eine Spaltung auch in den Köpfen.

Babylon: Wir sprachen zwar dieselbe Sprache, konnten uns aber dennoch nicht verstehen. Dieselben deutschen Worte und Begriffe bezogen sich auf völlig unterschiedliche Lebenswelten, die nicht im Entferntesten etwas miteinander zu tun hatten.

Wie heißt es im Marxismus so schön: "Das Sein bestimmt das Bewusstsein!"

P.S.   Dem öffentlich – rechtlichen Rundfunk vertrauen aktuell im Westen 54 %, im Osten nur 45 % der Bevölkerung (Otto-Brenner-Stiftung 10/2017). Das blinde Vertrauen in das West-Fernsehen zu Zeiten der DDR und die nach 1989 erlebte Realität hat ganz offensichtlich Spuren hinterlassen.

Die Erschütterung
in Erinnerung an Werner Matscheroth

Er war wohl der sanftmütigste und nachdenklichste Mensch, dem ich je begegnet bin.
Es muss 1979 gewesen sein, als ich ihn das erste Mal sah.
Er hatte gerade seine Tätigkeit als Jugendreferent bei der evangelischen Jugend in Bochum aufgenommen.
Ich war zu diesem Zeitpunkt, nach einem zweijährigen beruflichen Intermezzo bei der Stadt Bochum, wieder Student.
Diesmal an der Ruhr-Uni.
Ich war verletzt, ohnmächtig und wütend. Denn mein Einstieg in das Berufsleben war nach einem guten Start in der Erziehungsberatungsstelle in einem Desaster geendet. Ich hatte genervt die Brocken geschmissen. Insbesondere durch diese Erfahrung war ich zu einem politischen Heißsporn geworden.
Das genaue Gegenteil von Werner also.

Wir begegneten uns bei einer Veranstaltung der Deutschen Friedensgesellschaft zum Thema „Aufrüstung". Als erklärter Pazifist und Kriegsgegner suchte ich schon seit einiger Zeit die Möglichkeit, für den Frieden aktiv zu werden. Mir fehlte allerdings der richtige Einstieg dazu.
Nach dem Vortrag über die drohende Stationierung von Pershing II – Raketen in der Bundesrepublik, ergab sich eine Diskussion. Munter diskutierten die Anwesenden über die Notwendigkeit, vor Ort etwas zu tun, um die Menschen auf die drohende Gefahr dieser neuen atomaren Waffengattung aufmerksam zu machen: Denn es handelte sich um Mittelstreckenwaffen, mit denen vom deutschen Boden die Sowjetunion bedroht werden konnte. Die Gefahr eines atomaren

Erstschlages zur Ausschaltung dieser gefährlichen Waffe war konkret und nachvollziehbar.

Werner hatte sich den Vortrag und auch die Diskussion nur ruhig angehört. Ich hatte ihn bemerkt, weil ich sein Gesicht überhaupt nicht kannte. Die übrigen Anwesenden hatte ich alle schon mal in anderen politischen Zusammenhängen gesehen. Werner war neu. Er fiel mir auf.

Nach etlichen Diskussionsbeiträgen meldete sich Werner zu Wort. Ruhig und sehr bedächtig wählte er seine Worte und machte darauf aufmerksam, dass es auch in kirchlichen Kreisen viele Menschen gäbe, die sehr beunruhigt über die Rüstungspolitik seien. Allerdings gebe es auch viele Vorbehalte insbesondere gegenüber Kommunisten. Er frage sich, wie es gelingen könne, in Bochum ein Klima des Vertrauens zu schaffen, damit alle Rüstungsgegner sinnvoll zusammenarbeiten könnten.

Schon während dieses Wortbeitrages stellte sich ein Effekt ein, den ich später mit Werner immer wieder erleben konnte: Die Anwesenden hörten ihm zu, fielen ihm nicht ins Wort, wurden selber nachdenklich. Die ganze Veranstaltung bekam mit diesem Wortbeitrag einen völlig neuen Verlauf, denn alle weiteren Wortbeiträge drehten sich jetzt nur noch um die Frage, die Werner so leise aber dennoch sehr bestimmt in den Raum gestellt hatte.

Ich war überrascht.

So einen Menschen hatte ich noch nicht erlebt.

Denn die politischen Debatten bestimmten bisher eher die üblichen Wortmacher, die rhetorisch geschickt die Richtung und das Tempo vorgaben.

Werner redete nicht, wie ihm der Schnabel gewachsen war. Jeder Satz war überlegt, logisch, fehlerfrei und druckreif.

Das fiel im üblichen Polit - Geschwafel sehr wohltuend auf.

Die Diskussion drehte sich im Kreis und endete im Nirwana. Wie üblich.

Nach der Veranstaltung blieben Michael, Egmont, Werner und ich leicht gefrustet im Raum.

„Lasst uns überlegen, wie es weitergehen kann," schlug Michael vor. Da die Zeit fortgeschritten war, verabredeten wir ein Treffen. Ort: Wagenfeldstraße 4 – meine kleine Zweieinhalb-Zimmer Wohnung direkt am Kortländer in der Bochumer Innenstadt.

Die Verabredung wurde eingehalten. Nachdem ich eine Kanne Kaffee und die dazugehörigen Plätzchen auf den Tisch gestellt hatte, griffen wir den Faden der Diskussionsveranstaltung auf und überlegten, wie wir es schaffen könnten, eine kontinuierlich arbeitende Bochumer Friedensinitiative zu gründen. Wir verständigten uns darauf, eine Reihe von uns bekannten Menschen aus den unterschiedlichen gesellschaftlichen Zusammenhängen zur Gründung des „Bochumer Friedensplenum" einzuladen. Auf diesen Namen hatten wir uns geeinigt, um deutlich zu machen, dass hier Menschen unterschiedlicher Weltanschauung zusammenfinden sollten, um gemeinsame Aktivitäten für den Frieden zu entwickeln.

Werner legte großen Wert darauf, einen möglichst neutralen Ort für diese Veranstaltung zu finden. Es war ihm ein besonderes Anliegen zu vermeiden, dass die Initiative von vornherein in eine einseitige politische Ecke gedrückt werden konnte.

Das Gründungstreffen des Bochumer Friedensplenums wurde im damals noch existierenden Haus der katholischen Jugend an der Humboldtstraße durchgeführt. Unsere Einladung hatte eine überraschend gute Resonanz gefunden: über 30 Personen hatten sich eingefunden.

Der Einstieg in eine breit gefächerte Friedensarbeit in Bochum war

gemacht. Ausgehend vom Bochumer Friedensplenum gründeten sich in vielen Bochumer Stadtteilen Friedensinitiativen. Werners Einschätzung erwies sich als zutreffend. Viele dieser Initiativen wurden im Umfeld evangelischer Kirchengemeinden gegründet.
Im Friedensplenum wurde versucht, die zahlreichen Aktivitäten zu bündeln. Eine wichtige gemeinsame Plattform bildete dabei der „Krefelder Appell gegen die Stationierung von Mittelstreckenraketen in Europa".
Zu dem monatlichen Treffen kamen kontinuierlich 30 – 40 Aktive. Aber es herrschte nicht nur „Friede, Freude, Eierkuchen". Die wachsende Friedensbewegung in der Bundesrepublik wurde von den etablierten Parteien SPD, CDU und F.D.P. zunehmend als bedrohlich empfunden und entsprechend als von „Moskau gesteuert" diffamiert. Tatsächlich waren viele DKP-Mitglieder besonders aktiv in den Friedensinitiativen tätig. War es verwunderlich, dass es entsprechend kontroverse Diskussionen auch im Bochumer Friedensplenum gab? Dann erlebte ich Werner in Hochform. Ruhig, sachlich aber sichtlich bewegt beschwor er die Diskutanten stets, nicht die Unterschiede oder das Trennende zu diskutieren, sondern das Gemeinsame in den Mittelpunkt zu stellen. Meistens überzeugte Werner die Anwesenden. So hatte er einen großen Anteil daran, dass die Bochumer Friedensbewegung an Ausstrahlungskraft gewann und immer mehr Menschen gegen die drohende Kriegsgefahr aktiv wurden.
Aktionen wie „Bochum – Atomwaffenfreie Zone", mit der Übergabe von 6000 Unterschriften im Bochumer Rat, Künstler für den Frieden im Bochumer Ruhrstadion, die Wiederbelebung der Ostermärsche und die Beteiligung an den bundesweiten Demonstrationen im Bonner Hofgarten – allein vom Bochumer Friedensplenum wurde ein Sonderzug und dutzende von Bussen gechartert - bildeten Höhepunkte dieser Aktivitäten Anfang der achtziger Jahre. Bundeskanzler Helmut

Schmidt geriet mit seiner Politik des NATO-Doppelbeschlusses zunehmend in den eigenen Reihen unter Druck. Die SPD/ FDP Koalition brach auseinander; Helmut Kohl wurde mit den Stimmen der übergelaufenen FDP Bundeskanzler.

War das der Erfolg?

Nein – sagten wir.

Wir ahnten noch nicht, dass Helmut Kohl mit seiner von ihm propagierten „geistig moralischen Wende" 16 Jahre unangefochten den politischen Kurs der Bundesrepublik bestimmen würde.

Wir werteten es als Erfolg, dass Tausende von Menschen in Bochum, hunderttausende in der gesamten Bundesrepublik gegen die Aufrüstung aktiv geworden waren – ganz so einfach unter Ausschluss der Öffentlichkeit ließen sich die Rüstungsprojekte zukünftig nicht mehr durchsetzen.

Meinten wir.

Und trotzig wurde gefragt: Macht es einen Unterschied, ob dieses Land von Sozialdemokraten a la Helmut Schmidt oder von „reaktionären Birnen" wie Helmut Kohl regiert wird? („Birne" war der Spitzname von Helmut Kohl und erschien so auch in unzähligen Karikaturen)

Tatsächlich war eine Änderung des politischen Klimas zunächst nicht wahrzunehmen. Doch Stück für Stück wurde die Republik auf konservativen Kurs gebracht.

Was hat das alles mit Werner zu tun?

Die Friedensbewegung erlahmte. Resignation machte sich breit. Eine Friedensinitiative nach der anderen löste sich stillschweigend auf – mangels Masse. Der große Rückzug ins Private hatte begonnen.

Der Supergau von Tschernobyl im April 1986 verseuchte halb Europa.

Aber auch das politische Klima im Spektrum der Friedensbewegung war mit einem Schlag vergiftet!

Hatten die DKP´ler nicht jahrelang eifrig behauptet, im Sozialismus seien die Kernkraftwerke sicher?
Wo es kein Profitinteresse gibt, werden auch alle Sicherheitsstandards bestens eingehalten – so die schlichte Logik.

Und nun diese Katastrophe. Die erschreckenden Bilder gepaart mit der Erkenntnis, dass sich der reale Sozialismus einen „Scheißdreck" um seine Menschen kümmerte. Erst zwei Tage nach der Katastrophe wurde sie von den Machthabern offiziell eingestanden. Zehn lange Tage später wurden die verstrahlten Menschen aus dem Katastrophengebiet, zweimal so groß wie das Bundesland Bayern, gebracht.
Aus vorbei.
Das selbstgefällige Lügengebäude stürzte ein wie ein Kartenhaus.
Die moskautreue, realsozialistische Linke, sicherlich ein Hauptmotor der Friedensbewegung, sah sich blamiert bis auf die Knochen.

Wer sollte in Anbetracht dieser Tragödie den Lobgesang auf die Friedfertigkeit des „real existierenden Sozialismus" noch glauben? Waren wir auf ein schönes Märchen hereingefallen, weil wir lieber an das Gute in der Welt glauben wollten? Gab es möglicherweise doch Systemprofiteure und Kriegstreiber auf beiden Seiten der Blockkonfrontation zwischen Ost und West?

Werner, der sich immer für einen Dialog zwischen Christen, Sozialisten, Basisdemokraten und Kommunisten eingesetzt hatte, muss diese Entwicklung wie eine Keule getroffen haben.

Wie seine Reaktion wirklich aussah, weiß ich nicht.

Aber so wie ich Werner kannte, wird er ebenso wie so viele noch in der Friedensbewegung Aktive von nagenden Zweifeln und Selbstvorwürfen gequält worden sein:

Habe ich in den letzten Jahren die Wirklichkeit nur noch völlig verzerrt wahrgenommen?

Bin ich ein „nützlicher Idiot" gewesen, der sich vor einer politischen Karre spannen ließ?

Wem kann ich noch trauen?

Fragen über Fragen – die in keinem großen Forum erörtert wurden, sondern nur in kleinen Zirkeln von Gleichgesinnten. Zu groß war die Betroffenheit und Verletzung.

Bei unseren nächsten Treffen im Bochumer Friedensplenum bemerkte ich eine ausgeprägte resignative Haltung. Viele waren erst gar nicht gekommen, andere wirkten wie gelähmt und geschockt. Auch Werner. So war er mir noch nie begegnet. Zu den Sitzungen des Friedensplenums erschien er zwar pflichtbewusst, aber es war, als wäre sein inneres Feuer erloschen. Teilnahmslos und fast abwesend folgte er den Diskussionen.

Hatte der Supergau von Tschernobyl Werners Welt zerstört? Die Friedensbewegung – ein wichtiger Teil seines Lebens – atomisiert, gelähmt, am Boden?

Ich bin nicht auf den Gedanken gekommen, ihn zu fragen, was eigentlich los sei? Denn sein Verhalten war in Anbetracht der politischen Entwicklungen normal. Viele vormals im weiten Spektrum der DKP und der Friedensbewegung aktive und hoch motivierte Menschen erlebte ich in dieser Zeit resigniert, bisweilen sogar abwehrend - insbesondere was politische Aktivitäten anbelangte. Sie hatten die Schnauze voll, fühlten sich belogen und betrogen.

Werner gab 1988 seine Tätigkeit als Jugendreferent in der ev. Kirche auf.
Ein zeitlicher Zufall?

Januar 1991:
Die Amerikaner unter dem Präsidenten George Bush sen. greifen den Irak zum ersten Mal an. In Bochum werden viele Friedensaktionen organisiert: Mahnwachen am Hauptbahnhof und Demonstrationen in der Innenstadt.
Werner war wieder mit dabei und das ist meine letzte bewusste Erinnerung an ihn.

Unsere Wege liefen auseinander.
Ich hatte die Gelegenheit versäumt, wirkliches Interesse am Menschen Werner zu signalisieren.

Im Juli 1992 wurde er tot in seiner Wohnung aufgefunden.
Am 22.07.1992 beerdigten wir ihn auf einem Friedhof in Langendreer.
Erst jetzt war mir sehr bewusst, dass wir und ich einen wichtigen Menschen verloren hatten, der uns ein guter Freund hätte werden können.
Vor lauter Aktionismus haben wir nur einen Bruchteil von Werner erlebt, den Rest übersehen.

Oder konnte Werner ein wirkliches Kennen lernen nicht zulassen?

Tatsächlich wussten wir nichts, aber auch gar nichts über ihn. Wir kannten ihn nicht, seine Wohnung nicht, geschweige denn seine Herkunft, Familie oder sonstige Interessen.

Er war uns nur auf Sitzungen oder bei Aktionen begegnet.
Normaler (Polit-) Alltag eben: Routiniert, sachorientiert, auf das
Notwendige oder Machbare beschränkt!

Beschränkt!

Es ist kein Zufall, dass es kein Foto von ihm gibt. Er war eben ein
Mensch, der niemals bewusst im Vordergrund stehen wollte.

Manchmal, dann denke ich spontan an Werner.
Erstaunlicherweise habe ich noch immer seine Stimme im Ohr, die zur
Besonnenheit mahnt.
Das hilft mir auch heute manchmal weiter.

Werner war ein ganz besonderer Mensch.

P.S. Das Bochumer Friedensplenum existiert heute noch. Doch ihre
Breitenwirkung hat die Friedensbewegung nach den ersten Golfkriegen
auch bundesweit längst verloren. Die politische Lage wurde derart
kompliziert, dass einfache Erklärungsmuster nicht mehr tauglich sind.
Die teilweise sektiererischen Weltdeutungen verfehlen offensichtlich
die Adressaten. In Anbetracht der aktuellen Atomkriegsgefahr
zwischen Nordkorea und den USA ist das Wiedererstarken der
Friedensbewegung allerdings gefragt wie selten zuvor. Das ist aber
nur möglich, wenn es ihr wieder gelingt, auf Menschen wie Werner zu
hören, unterschiedliche politische Ansichten zuzulassen und
selbstkritisch ideologische Plattitüden zu hinterfragen.

Abseits der Gemengelage – Teil IV

Die Vertreibung aus dem Paradies

Die Schlange war schlauer als alle Tiere des Feldes, die Gott, der Herr, gemacht hatte.

Sie sagte zu der Frau: Hat Gott wirklich gesagt, ihr dürft von keinem Baum des Gartens essen?

Die Frau entgegnete der Schlange: Von den Früchten der Bäume im Garten dürfen wir essen;

nur von den Früchten des Baumes, der in der Mitte des Gartens steht, hat Gott gesagt: Davon dürft ihr nicht essen und daran dürft ihr nicht rühren, sonst werdet ihr sterben.

Darauf sagte die Schlange zur Frau: Nein, ihr werdet nicht sterben.

Gott weiß vielmehr: Sobald ihr davon esst, gehen euch die Augen auf; ihr werdet wie Gott und erkennt Gut und Böse.

Da sah die Frau, dass es köstlich wäre, von dem Baum zu essen, dass der Baum eine Augenweide war und dazu verlockte, klug zu werden. Sie nahm von seinen Früchten und aß; sie gab auch ihrem Mann, der bei ihr war, und auch er aß."

Die zehnminütige Betrachtung eines Apfelbaumes und eines Apfels hat mich dazu geführt, das Alte Testament aufzuschlagen und die Geschichte von der Vertreibung aus dem Paradies zu lesen.

Je mehr ich lese, desto größer wird das Ärgernis, denn mit dieser alttestamentarische Geschichte wird die Ursünde der Menschen begründet.

Die Schlange, das arme Tier, wird von Gott verflucht:

„Weil du solches getan hast, seist du verflucht vor allem Vieh und vor allen Tieren auf dem Felde. Auf deinem Bauch sollst du gehen, und Erde essen dein Leben lang."

Die Ärmste! Ich ertappe mich dabei, darüber nachzudenken, wie die Schlange im Paradies ausgesehen hat? Hatte sie vielleicht Beine wie eine Giraffe? Konnte sie hüpfen wie ein Frosch?

Diese merkwürdige Wendung der biblischen Geschichte und auch die Beschreibung eines zornigen Gottes, der zum Weibe sprach:

„Ich will Dir Schmerzen schaffen, wenn du schwanger wirst; du sollst mit Schmerzen Kinder gebären; und dein Verlangen soll nach deinem Mann sein; und er soll dein Herr sein!" passen so gar nicht in das Bild des gütigen Gottes, das uns im Religionsunterricht so oft eingetrichtert wurde.

Das soll mein Gott sein?

Auf keinen Fall, denn diese Geschichte ist eher dazu angetan, die Menschen und vor allem die Frauen in Knechtschaft zu halten – offensichtlich ein Grundübel vieler Religionen und leider in dieser überholten Ausprägung brennend aktuell. Übersehen wir, während wir mit dem Finger auf den autoritären und frauenfeindlichen Islam zeigen, woher sich auch unsere Leitkultur speist? Dieselbe Wurzel, der Nährboden für Fanatismus.

Die unbekannten Autoren der Bibel machen mich wütend: Vom entscheidenden Punkt des Apfeldiebstahls lenken all ihre Ausführungen ab. Nicht die Schlange oder das böse Weib haben den unschuldigen Adam verführt! Nein, es war die nackte Gier. Der Mensch hatte alles im Überfluss. Reichlich. Doch mitten im Garten Eden stand ein Baum, dessen Früchte er nicht essen sollte.

Das konnten Adam und Eva nicht akzeptieren. Die Gier nagte. Sie mussten auch die Äpfel dieses Baumes haben....

Statt die Gier der Menschen zu geißeln, lassen sich die Autoren der Bibel darüber aus, dass Adam auf das Wort seiner Frau gehört hat. Und die Menschen nun nach Genuss der verbotenen Frucht die Erkenntnis gewonnen haben, unkeusch gewesen zu sein. Was soll das?

Dabei ist die Gier bis heute das größte Übel der Menschheit, die Triebfeder, um alles zu zerstören, was uns lieb und teuer ist. Der Mensch der Neuzeit könnte in paradiesischen Verhältnissen leben. Er schafft es nicht, weil er immer mehr raffen will. Mehr haben, mehr besitzen – bis alles in Trümmern liegt und die Ressourcen der Welt vergeudet sind.

Aber irgendeine Idee, ein Plan muss doch dahinter stecken? Es kann doch alles kein willkürlicher Zufall sein?

Nachdem der belgische Physiker und Priester Georges Lemaitre 1927 die Urknall-Theorie unseres Universums auf der Grundlage der Relativitätstheorie von Einstein entwickelt hatte, sah Papst Pius der XII im Jahr 1951 darin einen Beweis, dass das Universum von Gott geschaffen worden ist.

Ich stellte mir das – wahrscheinlich ähnlich wie dieser - früher bildlich so vor, dass Gott in Menschengestalt quasi vor einem Aquarium sitzt und sich anguckt, wie sich das Leben in diesem Biotop entwickelt. Wenn man sich aber vor Augen führt, wie groß das Universum tatsächlich ist, dann kann dieser Gedanke sofort als völlig abwegig und kindisch verworfen werden.

Rüdiger Vaas bringt in einem Buch über „Hawkings neues Universum" einen tollen Vergleich. Was ändert sich, wenn man das Weltall um den Faktor eine Milliarde verkleinern könnte?

„Dann wäre die Erde eine ein Zentimeter große Erbse, die in 150 Meter Abstand einen knapp eineinhalb Meter großen Wasserball umkreist, die Sonne. Der Zwergplanet Pluto wäre ein sechs Kilometer entferntes Sandkorn. Der nächste Stern würde mit einer Distanz von 40.000 Kilometern die Anschaulichkeit dieses Maßstabs schon wieder sprengen."

Könnte es also sein, dass unsere Größenordnungen tatsächlich alle relativ gesehen werden müssen? Die gigantische Entfernung, die eine Ameise überwindet um von einer Blattlaus an der Spitze eines Baumes bis zurück zu ihrem Staat zu kommen, erinnert daran, was ein Weltraumflug sein könnte.

Unser Universum ist unendlich, es hat keine Grenzen und wird dennoch immer größer. Es dehnt sich aus in Nichts - einen Raum, in dem es keine Materie gibt.

Und wer sind dann wir? Wir Menschen, die größenwahnsinnig alles unter Kontrolle halten wollen, die gierig nach allem lechzen, was nicht ihr Eigenes ist.

Die Erde, ein Sandkorn im Weltall, der Mensch eher eine Bakterie, die dieses Sandkorn bewohnt.

Leben hat immer ein Anfang und ein Ende.

Auch das Leben der Sonne, der Erde, des Mondes und der Sterne hat einen Anfang und ein Ende. Viele Sterne trudeln offensichtlich unbewohnt im Weltall herum, bevor sie irgendwann ganz untergehen, verglühen oder in schwarzen Löchern verschwinden.

Waren Sie mal voller Leben?

Wurden auch sie von einer tödlichen bakteriellen Krankheit befallen, die sich „Mensch" nennt und sich in den letzten Jahrhunderten explosionsartig ausbreitet wie eine wuchernde und aggressive

Krebskrankheit? Außer Kontrolle wütet sie, verschlingt alles, gierig – am Schluss sich selbst.

Der Mensch als eine Bakterie. Sternenstaub. Außer Kontrolle geraten. Von maßloser Selbstüberschätzung und Gier gesteuert. Unfähig im Paradies, im Einklang mit allen anderen Lebewesen zu leben.

Der blaue Planet Erde wird täglich grauer. Gigantische Städte breiten sich aus, fressen das lebendige Grün und Blau. Das alles ist mit bloßen Augen aus den Weltraumfähren zu beobachten.

Wann wird unsere Erde durch das unendliche All kreisen, genauso tot und lebensfeindlich wie die uns bekannten Sterne?

Ist das alles nur eine Frage der Zeit?

Wie soll ich die Zwischenzeit gestalten?

In dieser Kürze, in einem Wimpernschlag der Geschichte?

Ich bin froh, in einer Welt und Zeit zu leben, in der es dich gibt. Du Mensch, vernunftbegabt, liebend und geliebt. Es ist wichtig, sich in Dankbarkeit an alle diejenigen zu erinnern, die sich in ihrer – oft bitteren Zeit – um die kleinen Zeichen kümmerten, die uns wirklich weiterbringen. Diese normalen Menschen stehen nicht in Geschichtsbüchern. Aber sie haben Wichtiges geleistet, weil sie es geschafft haben, in entscheidenden Momenten das Richtige zu tun – und wenn es ein aufmunterndes Lächeln oder die Entscheidung war, ein unsportliches Kind nicht weiter über den unüberwindlichen Kasten springen zu lassen.

Niemals werde ich die Hoffnung aufgeben, dass die Vernunft und die Aufklärung siegen werden. Ich glaube an uns und unsere Fähigkeiten, dem vorgezeichneten Ende ein Schnippchen zu schlagen. Wir sind in der Lage, das Fass zum Überlaufen zu bringen. Dazu bedarf es eines einzigen Tropfens. Der kannst du oder ich sein. Gönnen wir uns Zeit! Sie gehört uns, dir und mir. Niemand kann sie stehlen, wenn wir das nicht zulassen.

Abseits der Gemengelage leben die Wildkatzen!

Abseits der Gemengelage weht der Wind. Der warme Frühlingswind, der dem langen, nicht enden wollenden Winter mit einem Schlag ein Ende bereitet.

Danke für Unterstützung und Ermutigung:

Edmund Gondecki, Peter Kraft, Jannis Mehring, Marianne Mehring, Norbert Papenkort.

Besonderen Dank an

Carola Mehring und Kathrin Mehring

für Beratung, Kritik und Korrektur

Fotos:

Kathrin und Dolf Mehring (privat)